ERLAND

Nikolai Bachnow

In den Fängen des Seemonsters

Aus dem Russischen von Aljonna und Klaus Möckel
Einbandgestaltung Leonid Wladimirski / Hans-E. Ernst
Illustrationen Hans-E. Ernst

1. Auflage 1996
Printed in Germany
Offizin Andersen Nexö Leipzig –
ein Betrieb der INTERDRUCK Graphischer Großbetrieb GmbH
ISBN 3-89603-001-9

Erster Teil
Eine gefährliche Flußfahrt

EIN DELPHIN BITTET UM HILFE

Der Storch Klapp flog über die weiten Ebenen des Zauberlandes. Er war schon lange unterwegs und etwas müde, deshalb freute er sich, als er in der Ferne einen breiten, silbern glänzenden Fluß auftauchen sah. In Ufernähe hatte er auf dem Dach einer alten Scheune sein Nest gebaut.

Klapp war nur einer von vielen Störchen im Zauberland, aber er hatte einen berühmten Vorfahren. Sein Ururgroßvater Adebar hatte nämlich vor langer Zeit den Weisen Scheuch aus einer gefährlichen Situation gerettet. Damals waren das Mädchen Elli aus Kansas, der Eiserne Holzfäller, der Feige Löwe und die Strohpuppe Scheuch auf dem Weg in die Smaragdenstadt zum Schrecklichen Zauberer Goodwin gewesen. Sie hatten gerade diesen Wasserlauf mit einem Floß zu überqueren versucht. Dabei war der Scheuch mitten im Fluß an der Stange hängengeblieben, die er zum Staken benutzte. Sie hatte sich im Grund verhakt. Die Freunde dagegen wurden durch die Strömung abgetrieben, erreichten mit Mühe das Ufer und trafen später auf Adebar. Er befreite die Strohpuppe aus ihrer mißlichen Lage und brachte sie an Land.

Nachdem der Scheuch Herrscher in der Smaragdenstadt und wegen seiner Weisheit berühmt geworden war, machte diese Geschichte in Storchenkreisen natürlich die Runde und wurde entsprechend ausgeschmückt. In Wirklichkeit war die Rettungstat recht einfach gewesen, hatte längst nicht soviel Mut erfordert, wie Adebar hinterher behauptete. Der Löwe hatte sogar ein bißchen die Zähne blecken müssen, damit der Storch endlich zur Flußmitte flog. Aber wie auch immer, Klapp hatte seinen Urahn als leuchtendes Beispiel vor Augen. Er wünschte sich nichts sehnlicher, als auf ähnliche Weise berühmt zu werden.

Deshalb fiel jetzt sofort alle Müdigkeit von ihm ab, als er im Wasser plötzlich einen großen Fisch zappeln sah. Es war in der Nähe einer Sandbank an einer seichten Stelle, und der Fisch – oder war es ein Tier, das da hin und her schnellte – hatte sich in einem Netz verfangen. Erst als Klapp zu ihm hinunter flog, bemerkte er, daß es sich um einen Delphin handelte.

„Wie kommst du denn hierher?“ fragte der Storch. „Ich habe deinesgleichen zwar schon auf meinen Reisen nach Süden im Meer gesehen, noch nie aber in diesem Fluß.“

„Das ist eine lange Geschichte“, erwiderte der Delphin. „Ich will sie dir erzählen, sobald du mir aus diesem Netz geholfen hast. Aber beeile dich, denn ich bekomme kaum noch Luft. Ein Glück, daß es hier flach ist und ich die Nase ab und zu aus dem Wasser heben kann.“

Der Storch hatte einige Mühe, ein Loch ins Netz zu reißen, doch mit seinem scharfen Schnabel schaffte er es schließlich. Als die Lücke groß genug war, zwängte sich der Delphin hindurch, seufzte erleichtert auf und glitt ins Wasser zurück.

„Also was ist?“ drängte Klapp. „Du wolltest mir deine Geschichte erzählen.“

„Sofort. Vielleicht kannst du mir sogar helfen. Die Zeit drängt, denn ich sitze schon eine Weile hier fest.“

„Wenn ich mich nicht irre, habe ich dir gerade geholfen. Was willst du noch?“

„Kennst du den Weg zur Smaragdenstadt?“

„Natürlich“, erwiderte Klapp. „Man fliegt über das große Mohnfeld und danach immer den Gelben Backsteinweg entlang. Ein, zwei Stunden, dann sieht man die Stadt schon.“

„Ich kann nicht fliegen“, wandte der Delphin ein.

„Dann mußt du flußaufwärts schwimmen, rechts in den großen Kanal einbiegen und später den Bach nehmen. Das dauert aber viel länger“, sagte der Storch.

Der Delphin überlegte:

„Also hör zu“, begann er schließlich. „Ich heiße Floy und komme aus dem Norden, wo ziemlich am Rande des Zauberlandes das weiße Muschelmeer liegt. Das Unterwasserreich, in dem ich lebe, ist sehr schön und wird von der Seekönigin Belldora regiert. Sie ist eine Nixe von zierlichem Wuchs, aber großer Anmut und Kraft. Belldora herrscht, so lange ich denken kann, zur Zufriedenheit aller Meeressäuger, Fische und des sonstigen Getiers. In ihrem Schloß, erbaut aus blauem Glas und feinstem Muschelwerk, ist jedermann willkommen, der sich uns in Frieden und mit Freundlichkeit nähert.

Man muß sagen, daß es in unserem Reich immer gerecht zuging. Natürlich werden die kleinen Fische von den großen gefressen, auch unsereins greift sich so manchen wohlschmeckenden Kaltblüter, um den Hunger zu stillen. Doch das geschieht stets in der nötigen Ordnung und in Maßen. Es blieb Raum zum Leben für jeden, und alles war im Gleichgewicht. Wir hatten stets sauberes Wasser. Bis eines Tages das Seemonster kam und uns in größte Not brachte.“

„Das Seemonster? Was soll das sein?“ fragte Klapp erstaunt.

„Wenn man das so genau erklären könnte“, seufzte Floy. „Es tritt nicht immer in gleicher Gestalt auf, sondern kann die Formen wechseln. Mitunter ähnelt es einer riesigen wabbligen Qualle, mitunter einer öligen Meduse, die unser sauberes Wasser aufsaugt und als Schmutzflut wieder ausscheidet. Es hat hundert faulige Arme und webt damit dichte Algenteppiche, die alles Leben ersticken.

Am Anfang war das Monster allein, klein und unscheinbar. Es trieb sich hier und dort im Meer herum, war unansehnlich, ja häßlich, wurde aber trotzdem freundlich von unserer Königin empfangen, als es unvermutet ans Schloßtor klopfte. Es behauptete, von weither zu kommen, verlassen und arm zu sein, und durfte sich deshalb bei den Korallen unterhalb der Riffe ansiedeln. Doch das war ein Fehler, denn dort, wo es tausend Winkel und Gänge gibt, wuchs es im Verborgenen mit ungeheurer Geschwindigkeit. Mit einemmal war der Korallenwald von einer Schlammschicht überzogen, schwarzes Gras wucherte überall und nahm den Bewohnern die Luft."

„Das ist ja wirklich hinterhältig", sagte der Storch empört.

„Das ist aber noch nicht alles", fuhr Floy erregt fort. „Es stellte sich heraus, daß dieses Ungeheuer Kinder gebar, die ähnliche Eigenschaften besaßen und sich überall im Meer verbreiteten. Sie trübten unser Wasser, nahmen uns die Sonne weg, vergifteten den Meeresgrund. Aus allen Ecken des Reiches gingen Beschwerden bei der Seekönigin ein. Fische wurden krank, Schildkröten erstickten, Robbenbabys starben. Belldora rief das Monster zu sich, befahl ihm mit diesem gefährlichen Treiben aufzuhören, doch es hielt sich an keine Anordnungen. Im Gegenteil, höhnisch erklärte es, dies sei seine Art zu leben und seinen Besitz zu vergrößern. Belldora habe ihm gar nichts zu sagen."

Floy, noch von den Strapazen der Reise und der Gefangenschaft im Netz erschöpft, schwieg einen Augenblick.

„Zu spät haben wir gemerkt, welch ungeheure Gefahr von diesen Unwesen ausging", sagte er dann. „Als wir uns endlich dazu entschlossen, den Kampf gegen die Algen, den Unrat und Schmutz zu beginnen, nahm der schon überhand. Außerdem: wie kommt man gegen Öl und stinkende Gifte an, die den Meeresboden, die Korallenbänke und Muschelkolonien zerfressen? In höchster Not schickt mich die Königin deshalb in die Smaragdenstadt, um Rat und Hilfe zu holen. Unsere einzige Hoffnung ist der Weise Scheuch, von dessen Klugheit das ganze Zauberland spricht. Er allein könnte Abhilfe schaffen."

Klapp, auf einem Bein stehend, nickte:

„Das stimmt, deine Königin hat richtig gehandelt. Der Scheuch und seine Freunde haben seinerzeit die böse Zauberin Bastinda besiegt. Sie haben dem gefährlichen Urfin, der Hexe Arachna und vielen anderen das Handwerk gelegt. Gewiß wird unser Herrscher auch euch zu Hilfe kommen."

„Aber Eile ist geboten", sagte Floy. „Wie du es schilderst, muß ich noch eine ganze Weile schwimmen, um zur Smaragdenstadt zu gelangen. Ich weiß gar nicht, ob ich es schaffe, denn ich vertrage euer Flußwasser schlecht. Bei uns im Meer ist es angenehm salzig."

In Klapp blitzte ein Gedanke auf. Wenn er zur Rettung dieses Muschelmeeres beitragen könnte, würde er vielleicht so berühmt wie sein Urahn. Außerdem wär's wirklich eine gute Tat.

„Und wenn nun ich dem Scheuch eure Not erkläre?" schlug er vor. „In zwei Stunden bin ich in der Smaragdenstadt."

„Das würdest du für uns tun?"

„Im Zauberland hilft einer dem anderen", sagte der Storch würdevoll.

„Aber wie erfahren wir, was der Weise Scheuch beschließt?" fragte der Delphin.

„Kehre getrost zu deiner Königin zurück", erwiderte Klapp. „Unser Herrscher wird Mittel und Wege finden, euch zu verständigen."

DIE HOCHZEIT DES WEISEN SCHEUCH

Der Storch nickte dem Delphin noch einmal zu und erhob sich wieder in die Lüfte. Die Wichtigkeit seiner Botschaft sprengte ihm fast die Brust, und so schwang er emsig seine Flügel. Schon bald sah er in der Ferne die Türme der Smaragdenstadt aufragen. Sie waren aus Glas und Marmor errichtet und an der Spitze mit grünen Edelsteinen besetzt. Was Klapp allerdings nicht wußte – im Palast fand gerade ein großes Fest statt. Ein einmaliges Fest: Der Weise Scheuch feierte Hochzeit! Das Ereignis war überall im Land verkündet worden, aber der Storch, der im Süden gewesen war, hatte noch nichts davon gehört.

Doch es muß auch gesagt werden, daß der Scheuch die Sache lange geheim gehalten hatte. Nur sein enger Vertrauter, der Feldmarschall Din Gior, wußte davon. Ihm war nicht entgangen, daß der Herrscher auffallend oft Ausflüge ins benachbarte Puppendorf unternommen hatte. Von dort kehrte er eines Tages mit einem Puppenmädchen zurück, das genau seine Größe, störrisches braunes Haar und eine kecke Stupsnase hatte.

„Die oder keine werde ich zur Frau nehmen, denn ich habe lange genug allein im Land regiert“, erklärte er dem erstaunten Din Gior.

„Falls ich einverstanden bin, eine Strohpuppe zu heiraten“, erwiderte das Puppenmädchen lachend.

„Eine Strohpuppe, die immerhin ein prächtiges Gehirn aus Sägemehl mit Nadeln hat und deshalb klüger ist als manch anderer“, erwiderte der Scheuch.

„Ich nehme dich vor allem wegen deines lustigen Gesichts zum Mann“, sagte die Puppe und gab ihm einen Kuß.

Din Gior strich sich nachdenklich seinen langen Bart, er fand das Puppenmädchen etwas respektlos.

„Wie heißen Sie denn, mein Fräulein?“ fragte er.

„Betty Strubbelhaar.“

Dieser Name paßte durchaus zur Erscheinung der Puppe. Doch der Feldmarschall, auf Würde bedacht, redete sie immer nur mit Prinzessin Betty an. Er setzte auch durch, daß sie bei Hof so genannt wurde. Anfangs hatte er seine Schwierigkeiten mit ihr, denn sie hielt noch weniger von herrschaftlicher Etikette als der Weise Scheuch selbst, bald aber schloß er sie wegen ihrer Fröhlichkeit ins Herz. Er war ja schon alt, und etwas frischer Wind im Palast konnte nicht schaden.

Der Scheuch und Betty jedoch liebten einander sehr, und so wurde endlich Hochzeit gefeiert. Genau am Tag, als Klapp in der Smaragdenstadt eintraf. Gäste von überallher waren aus diesem Anlaß gekommen: die Käuer mit ihren goldenen Glöckchen an den blauen Hüten, die Zwinkerer in violetten Gewändern, die Marranen im gewohnten flammenden Rot. Die Gärtner hatten Blumen und Früchte in großer Menge zum Schloß gebracht, von den Häusern und Türmen wehten bunte Flaggen.

Der Storch, der das muntere Treiben auf dem Schloßplatz und die Blumen sah, war zwar verwundert, dachte aber nur daran, seine Nachricht zu überbringen. Deshalb meldete er sich auch nicht erst beim Torhüter Faramant an, sondern flog direkt durchs weit geöffnete Fenster des Festsaals zum Thron mit Prinzessin Betty und dem Scheuch.

Gerade waren die Gäste dabei, ihre Hochzeitsgeschenke zu überreichen, denn am Vormittag hatte die Trauung stattgefunden. Die Erzgräber hatten ein wunderbares Smaragdenkollier gefertigt, der Eiserne Holzfäller eine silberne Axt geschmiedet. Die Krähe Kaggi-Karr schleppte ein neues Funkgerät herbei, und der Tapfere Löwe brachte ein herrliches Gesteck aus Tannen- und Mistelzweigen aus dem Wald mit, geschmückt mit Pfauenfedern.

Auch von jenseits der Wüste und der Weltumspannenden Berge

waren Gratulanten gekommen: der Junge Chris Tall, Sohn von Elli, der Fee des Tötenden Häuschens, und sein Onkel Charlie Black. Der wackere Seemann, der ja seit seinem Abenteuer auf dem Planeten Irena wieder beide Beine hatte, richtete herzliche Grüße vom Kraken Prim aus; sie hatten sich erst vor kurzem an der Küste getroffen.

Klapp nahm das alles kaum zur Kenntnis. Er landete vor dem Thron und begann:

„Weiser Scheuch, ich muß dir eine Nachricht überbringen."

Din Gior, der neben dem Herrscherpaar Platz genommen hatte, fragte tadelnd:

„Was denn, hast du kein Geschenk mitgebracht?"

„Wieso ein Geschenk? Hat hier jemand Geburtstag?

Über diese Antwort mußten die Gäste ringsum lachen. Einige Käuer am Eingang des Saales schüttelten erstaunt die Köpfe, so daß die Glöckchen an ihren spitzen Hüten zu klingeln begannen.

„Nun sag schon, was du uns mitzuteilen hast, Storch", forderte Betty ihn auf.

Erst jetzt bemerkte Klapp die vielen Leute in ihren Festgewändern, die wertvollen Geschenke und das Puppenmädchen, das einen weißen Brautschleier trug. Sie hatte eine kleine goldene, mit Smaragden verzierte Krone im Haar.

„Wer seid Ihr, schöne Puppe?" fragte er überrascht, zog ein Bein an und legte den Kopf schief.

„Das ist seit heute morgen meine liebe Frau", entgegnete an ihrer Stelle der Scheuch.

„Oh ... ich wußte nicht ..." Klapp fing zu stottern an. „Herzlichen Glückwunsch, Eure Exzellenzen ..."

„Danke", erwiderte der Scheuch, „aber warum auf einmal so förmlich? Es genügt, wenn du uns mit dem Namen anredest. Das ist Betty, und mich kennst du ja."

Din Gior hielt es für angebracht, zu ergänzen:

„Prinzessin Betty, bitte!"

„Also, was willst du?" fragte der Scheuch.

Da begann der Storch zu erzählen. Er berichtete, was er von dem Delphin über die Seekönigin, ihr Volk und das schreckliche Monster erfahren hatte. Zum Schluß sagte er:

„Ich sehe, daß ich mit meiner Nachricht zu einem ungünstigen Zeitpunkt komme. Aber das Muschelmeer braucht deinen Rat, Weiser Scheuch, und unsere Hilfe."

DIE BEGEGNUNG MIT DEN BIBERN

Als der Storch seine Rede beendet hatte, begannen die Gäste aufgeregt miteinander zu tuscheln. Die Käuer steckten die Köpfe zusammen, wobei sie in Gefahr gerieten, sich gegenseitig die Hüte vom Haupt zu stoßen. Die Zwinkerer blinzelten nervös mit den Augen, die Marranen schwangen empört ihre Fäuste – sie konnten ja kräftig zuschlagen.

Der Scheuch aber sorgte mit einer Handbewegung für Ruhe. Er bat die Anwesenden, in der Feier fortzufahren und nicht böse zu sein, wenn er sich mit seinen Vertrauten kurz zur Beratung zurückzog. Er lobte Klapp für seinen Einsatz und rief dann die engsten seiner Freunde in den hinteren Raum. Prinzessin Betty dagegen blieb im großen Empfangssaal und nahm die weiteren Glückwünsche entgegen. Es war ihre erste Amtshandlung als Herrscherin.

„Bei allen Haien der Ozeane", rief Charlie Black, kaum daß sie die Tür zum Beratungszimmer hinter sich geschlossen hatten. „Zwar kenne ich dieses Muschelmeer nicht, doch geschieht dort offensichtlich eine gewaltige Schweinerei, gegen die wir einschreiten müssen."

„Aber wie?“ sagte der Scheuch. „Wenn ich Klapp recht verstanden habe, lebt das Seemonster im Wasser. Um gegen dieses Ungeheuer kämpfen zu können, brauchen wir Schiffe, am besten Tauchboote.“

Der Eiserne Holzfäller, dessen Gelenke schon beim geringsten Regen einzurosten drohten, legte die Hand aufs Herz:

„Ich fühle mit der Seekönigin“, sagte er, „und es würde mir nichts ausmachen, zu ihrem Schloß in der Tiefe hinabzusteigen. Doch was nützt das, wenn mir Arme und Beine steif werden. Soviel Öl, um dort unten meine Gelenke beweglich zu halten, gibt es gar nicht.“

Der Tapfere Löwe schüttelte trotzig die Mähne.

„Das Wasser ist zwar nicht mein Element, und das Tauchen würde mir schwerfallen, aber schwimmen kann ich immerhin. Am besten, wir prüfen an Ort und Stelle, was wir tun können."Chris Tall hatte bisher geschwiegen. Er hatte Respekt vor den berühmten Gestalten aus dem Zauberland und traute sich nicht, ihnen ins Wort zu fallen. Nun aber zupfte er Onkel Charlie am Ärmel:

„Und was ist mit deinem Schiff, dem Katamaran? Man kann ihn ja auch als Tauchboot benutzen." Chris erinnerte sich noch genau an die verwegene Fahrt mit dem Piloten Kau-Ruck zum Korallenriff. Damals hatten sie den Seemann aus schwieriger Lage befreit.

Charlie zog die Stirn kraus.

„Den Katamaran können wir im Moment leider nicht einsetzen. Er liegt im Hafen und wird gerade überholt. Das dauert noch mindestens zwei Wochen. Es ist wirklich ärgerlich."

Chris war enttäuscht, schöpfte aber sofort neue Hoffnung, als der Scheuch sagte:

„Der Löwe hat recht. Ich schlage vor, nicht lange zu zögern und gleich morgen früh zum Muschelmeer aufzubrechen. Wir nehmen den Weg, auf dem der Delphin gekommen ist. Das heißt, wir gehen zuerst zum Fluß und suchen uns ein gutes Schiff. Seinerzeit, als wir auf dem Weg zum Großen Goodwin waren, haben wir zwar notgedrungen ein Floß benutzt, aber damit würden wir diesmal nicht weit kommen."

„Und was mache ich?" fragte der Storch, der merkte, daß ihn keiner mehr beachtete.

Charlie Black gab als erster eine Antwort:

„Für dich gibt es zwei sehr wichtige Aufgaben, Klapp. Zunächst fliegst du, so schnell du kannst, zum Muschelmeer und meldest der Seekönigin unsere Ankunft. Du sprichst ihr Mut zu, sagst, wir würden ihr zu Hilfe eilen. Dann aber begibst du dich zum großen Ozean, zur Bucht, in der Prim sein Quartier hat. Ich beschreibe dir den Ort nachher noch genauer. Der Krake ist Unterwasserspezialist. Traust du dir zu, ihn auf dem Rücken zu uns zu bringen? Er könnte uns dort unten gute Dienste leisten."

„Mein Urahn Adebar hat einst den Scheuch errettet, da werde ich doch wohl einen Kraken transportieren können", erwiderte der Storch. „Selbst wenn er schwer sein sollte."

„Wie ich ihn kenne, wird er sich aufblasen und dadurch leicht machen", sagte Charlie.

„Dann ist alles klar", erklärte der Scheuch, „kehren wir zum Fest zurück. Die Nacht aber wollen wir zum Ausruhen nutzen, damit wir morgen alle frisch bei Kräften sind."

Am nächsten Morgen, die Sonne hatte sich kaum hinter den Weltumspannenden Bergen erhoben, brach die kleine Gesellschaft auf. Der Scheuch verabschiedete sich zärtlich von Prinzessin Betty, die zwar gern mitgekommen wäre, aber für ihn das Regieren übernehmen mußte. Sie packte den Reisenden vorsorglich Butterbrote mit Schinken ein, dem Tapferen Löwen zusätzlich sogar eine Schweinshaxe. Der Eiserne Holzfäller, der ja nichts zu essen brauchte, wurde mit einer Flasche besten Maschinenöls ausgestattet, und der Weise Scheuch, gleichfalls nicht auf Nahrung angewiesen, bekam ein Bildchen mit ihrem Porträt. Er steckte es in die Innentasche seiner Jacke und fühlte sich damit jeder Gefahr gewachsen.

Klapp war als Vorbote schon zum Muschelmeer unterwegs, und die anderen schritten kräftig aus, um erst einmal zum Fluß zu gelangen. Chris, mit einer Baseballmütze ausgestattet, und der Scheuch durften abwechselnd auf dem Rücken des Löwen reiten, denn sie hatten die kürzesten Beine. Charlie Black, der ab und zu das Fernrohr ans Auge setzte, bildete die Vorhut, der Eiserne Holzfäller aber sicherte die Rückfront.

Als sie den Fluß fast erreicht hatten, trafen sie an einem Bach auf ein Biberpaar. Das Männchen war eifrig damit beschäftigt, Baumstämme zu fällen und große Äste für einen Damm zusammenzutragen,

das Weibchen aber hockte traurig am Ufer und schien zu schwach zum Arbeiten.

Der Biber hieß Brix und kannte den Löwen von früher.

„Meine Frau ist seit zwei Tagen krank“, erklärte er, als sie sich begrüßt hatten. „Sie hat irgendetwas gefressen, das ihr schwer im Magen liegt und sich offenbar nicht verdauen läßt. Die besten Heilkräuter haben wir gesammelt, doch sie wirken nicht. Ich bin in großer Sorge.“

Der Scheuch strengte seinen Kopf an, daß ihm die Nadelköpfe unter den Haaren hervortraten.

„Was hat sie gefressen?“ fragte er. „Kann sie sich denn gar nicht mehr daran erinnern?“

„Ein glitschiges, durchsichtiges Ding war's", erwiderte die Biberfrau leise. „Es ist mir wie von selbst durch die Zähne gerutscht. Zusammen mit ein paar wohlschmeckenden Pflanzen. Ich hab es runtergeschluckt, ohne mir etwas dabei zu denken."

„Und wo war das?" wollte der Scheuch wissen.

„Drüben am Fluß. Wo das Schilf so dicht ist und so schön hoch wächst."

Der Scheuch schwieg nachdenklich, doch dem alten Seebären Charlie kam ein Verdacht:

„Bei allen blitzenden Korsarensäbeln", rief er, „so was kenne ich doch von den Klippen und Stränden der letzten Jahre! Wird der Dreck jetzt etwa auch schon ins Zauberland gespült?" Und er bat die Biberfrau, das Maul aufzumachen, so weit es nur ging.

Die Biberfrau tat, wie ihr geheißen. Charlie hielt ihr mit der einen Hand den Unterkiefer fest, damit sie nicht aus Versehen zubiß, mit der anderen griff er ihr in den Hals. Das heißt, er benutzte nur zwei Finger, denn ein Biber ist ja kein Krokodil.

Sofort begann das Tier zu keuchen, zu husten und spucken. Es übergab sich fast. Aber bevor es noch erbrechen konnte, zog ihm der Seemann schnell die Finger aus dem Schlund. Triumphierend schwenkte er eine zerrissene Plastiktüte hin und her.

„Dachte ich mir's doch: Es handelt sich wieder mal um ein Stück Müll. Wieviele Schildkröten und Robben sind schon an so was zugrunde gegangen."

Weder der Scheuch, noch der Löwe, noch der Eiserne Holzfäller hatten bisher eine Plastiktüte gesehen, von den Bibern ganz zu schweigen.

Mißtrauisch betrachteten alle die durchsichtige Hülle und ließen sich von Charlie erklären, wozu sie den Menschen diente. Auch Chris gab eifrig Auskunft.

„Wenn ich einkaufen gehe, sind solche Tüten schon nützlich", berichtete er, „aber sobald sie nicht mehr gebraucht werden, gehören sie in spezielle Abfallbehälter.“

„Papperlapapp“, sagte Charlie, „früher hatten wir Taschen, Körbe oder Beutel, die man ständig benutzen konnte. Die brachten niemanden in Gefahr.“

Es blieb keine Zeit, diese Frage endgültig zu klären, sie mußten ja weiter. Der Biberfrau jedenfalls ging es ohne die Tüte im Magen wesentlich besser, und ihrem Mann sah man die Erleichterung an.

„Das werde ich euch nie vergessen“, sagte er gerührt. Dann verschwand er für einen Augenblick in seinem Bau und kam mit einem daumenlangen, an einem Kettchen aus Bast hängenden Biberzahn zurück.

„Nehmt den zum Dank. Er stammt von meiner Großmutter und besitzt magische Kräfte. Wenn ihr in Gefahr seid, braucht ihr ihn nur fest zu drücken, und wir spüren es. Wo immer wir sind – wir eilen euch zu Hilfe. Zwar gehören wir nicht zu den größten Tieren hier am Fluß, aber ihr wißt ja, wir haben ein scharfes Gebiß und sind Meister im Dämmebauen.“

Charlie trug sein Fernglas, der Eiserne Holzfäller die Flasche mit dem Öl und den Proviant, der Scheuch das kleine Bild seiner geliebten Betty. Also hing Chris sich den Zahn um den Hals. Nachdem sie sich bedankt und verabschiedet hatten, setzten sie ihren Weg fort, zufrieden, den Bibern geholfen zu haben.

EIN VERGESSLICHER ZAUBERER

Sie erreichten den Fluß in der Nähe jener Stelle, wo der Storch Klapp den Delphin aus dem Netz befreit hatte. Das Wasser, das im Sonnenschein silbrig glänzte, floß ruhig dahin, aber ein Schiff oder auch nur ein Boot war nirgends zu sehen.

„Bei allen einäugigen Piraten“, sagte Käptn Charlie, nachdem er mit seinem Fernrohr lange flußauf- und flußabwärts Ausschau gehalten hatte, „gibt es in eurem schönen Land denn überhaupt keine Schiffsleute? Es muß doch Spaß machen, von einem Ort zum andern zu segeln, und ein billigeres Transportmittel für eure Waren findet man auch nicht. Habt ihr noch nie daran gedacht, eine zünftige Handelsflotte zu baun?“

Daran hatten der Scheuch, der Eiserne Holzfäller und der Tapfere Löwe, die ja alle drei nicht unbedingt fürs Wasser geschaffen waren, tatsächlich noch nicht gedacht.

„Du hast recht“, sagte der Scheuch, „ein paar Schiffe wären gewiß nicht schlecht. Wenn wir wieder in der Smaragdenstadt sind, werde ich den Befehl geben, welche zu bauen.“

Das war nun zwar ein guter Vorsatz, nützte aber im Augenblick wenig. Deshalb schlug der Eiserne Holzfäller vor, zur nächsten Stadt zu gehen und dort nach einem Boot zu fragen.

Sie kamen am Kupferwald vorbei, der von einem leisen Sirren erfüllt war und schon von weitem rotgolden leuchtete, sahen auf der anderen Seite des Flusses die Spiegelberge blinken. Dorthin flogen die Vögel gern, um sich zur Vogelhochzeit herauszuputzen. Auch das Mohnfeld lag an ihrem Weg, in dem seinerzeit der Tapfere Löwe und Elli, die Mutter von Chris, beinahe umgekommen wären. Sie hüteten sich, es erneut zu betreten, zumal Chris und sogar Charlie Black sofort zu gähnen anfingen, so schläfrig machte der starke Duft der großen roten Blumen.

Plötzlich, noch nicht einmal die Kirchturmspitze des nächsten Ortes war aufgetaucht, sahen sie einen dunkelbraunen Kahn im Schilf liegen. Doch Kahn war nicht das richtige Wort, es handelte sich um eine größere Schaluppe mit einer kräftigen Schiffsschraube hinten und Platz für fünf, sechs Leute. Ein alter Mann mit Schirmmütze und Tabakspfeife saß am Bug und hielt seine Angel ins Wasser.

„Das könnte es sein, unser Schiff", rief Käptn Charlie erfreut. „Zwar kann sich diese Schaluppe weder mit meinem einstigen Schoner noch gar mit unserem Katamaran 'Arsak' vergleichen, aber zum Muschelmeer wird sie uns bestimmt bringen."

„Es scheint dem alten Angler dort zu gehören", sagte der Löwe, „wir werden ihn fragen, was er dafür haben will."

Sie näherten sich dem Schiff, und der Scheuch rief:

„Guten Tag, lieber Mann. Bist du der Besitzer dieser Schaluppe?"

Der Alte drehte den Kopf und erwiderte:

„Wozu wollt ihr das wissen?"

„Wir möchten den Kahn kaufen oder mieten, um damit zum Muschelmeer zu fahren."

„Da könnte jeder kommen. Wo soll ich dann sitzen und angeln? Ich angle jeden Tag hier." Er zeigte auf einen Drahtkorb mit Fischen, der im Wasser hing.

„Sie finden bestimmt einen anderen Platz", sagte Chris eifrig. „Bitte, wir brauchen Ihr Schiff, um der Seekönigin, den Delphinen und Robben zu Hilfe zu kommen, die von einem Seemonster bedroht sind!"

„Delphine und Robben interessieren mich nicht. Womit wollt ihr überhaupt bezahlen?"

„Ich habe hier einen Smaragd", sagte der Scheuch, „er ist von auserlesener Qualität. Für das Schiff wäre er mir nicht zu schade."

„Edelsteine interessieren mich auch nicht. Ich kann sie weder roh noch gebraten essen. Sucht euer Schiff woanders."

„Bei allen Klippen und Sandbänken, guter Mann“, versuchte es nun Charlie Black, „wir müssen jemandem aus der Not helfen, und die Zeit drängt. Schau dir diese Dublone an, sie ist ein paar hundert Jahre alt und ein Vermögen wert. Du kannst sie zwar auch nicht braten oder essen, aber tonnenweise Fisch dafür kaufen. Na, ist das ein Angebot?“

„Ich brauche keine Fische zu kaufen, ich fang sie mir selber“, erwiderte der Alte ungerührt und wandte sich wieder seiner Angel zu.

Der Tapfere Löwe wurde ärgerlich:

„Hat man je einen solchen Dickschädel gesehn?! Ich glaube, ich muß ihn ein bißchen mit meinen Tatzen streicheln, damit er zur Vernunft kommt.“

Mit einem Sprung wollte er auf den Kahn übersetzen, um seinen Worten Nachdruck zu verleihen, doch da geschah etwas Sonderbares. Der Alte zog blitzschnell die Angel aus dem Wasser und schwang sie über den Kopf des Löwen. Dazu murmelte er irgendeinen Spruch. Ein Blitz fuhr am hellichten Tag vom Himmel hernieder, ein Donnerschlag ertönte, und das stolze Raubtier verwandelte sich augenblicklich in ein niedliches Kätzchen. Der Angelhaken aber spießte sich ihm ins Genick und wirbelte ihn durch die Luft ins Wasser.

Während der winzig gewordene Löwe vor Schreck quietschte und an seiner Schnur verzweifelt im Wasser strampelte, um nicht unterzugehen, sagte der Alte:

„Lern du erst mal richtig schwimmen, statt anderen ihre Angelplätze streitig zu machen.“

Über diesen Vorgang waren die Freunde natürlich sehr erschrocken. Der Eiserne Holzfäller, der bisher geschwiegen hatte, faßte sich als erster ein Herz:

„Ich sehe, daß du ein großer Zauberer bist, mit dem wir uns nicht

messen können“, sagte er. „Der Löwe hat dich erzürnt, aber bedenke bitte, daß es in seiner Natur liegt, etwas ungestüm zu sein. Er hätte dir gewiß nichts Böses getan. Deshalb laß Gnade vor Recht ergehen und gib ihm seine frühere Gestalt zurück.“

Der Alte zog die Angelschnur aus dem Wasser, so daß der kleine Löwe an Deck purzelte. Japsend und außerstande, einen Tatzenhieb auszuteilen oder gar zuzubeißen, blieb er dort liegen.

„Ich bin kein großer Zauberer, denn die sind seit Hurrikap und der bösen Gingema ausgestorben. Ich war nur als junger Mann bei der guten Fee Stella in Diensten. Ein Zauberlehrling gewissermaßen“, er lachte. „Ich habe mir einige von ihren Tricks abgeguckt. Wie ihr seht, reicht das, um mit Leuten wie euch fertigzuwerden.“

„Wenn du bei Stella in Diensten warst, solltest du nicht so dickköpfig, abweisend und überheblich sein“, sagte der Scheuch, auf die Gefahr hin, den Alten erneut zu erzürnen. „Ich kenne Stella. Sie hätte uns bestimmt geholfen.“

„Ihr wollt Stella kennen?“ fragte der Angler erstaunt.

„Und ob. Wir sind sogar mit ihr befreundet. Sie hat Elli geholfen, nach Hause zu kommen, damals, als Goodwin mit dem Ballon davongeflogen war. Gibst du nun unserem Freund seine wahre Gestalt zurück?“

„Elli? Die Fee des Tötenden Häuschens etwa, die Gingema und Bastinda besiegt hat?“

„Ja, genau die“, mischte sich Chris stolz sein. „Sie ist meine Mutter.“

Nun drehte sich der Angler zum erstenmal ganz zu der kleinen Gesellschaft herum und musterte jeden einzelnen von Kopf bis Fuß.

„Eine Strohpuppe mit spitzem Hut“, murmelte er, „ein langer dünner Eisenkerl mit der Axt und ein Löwe, der im Augenblick freilich nur ein Kätzchen ist – ich hab's doch wohl nicht mit dem berühmten Weisen Scheuch und seinen Freunden zu tun?“

„Doch, das hast du“, erwiderte der Scheuch bescheiden, „aber so berühmt und so weise bin ich nun auch wieder nicht. Zum Beispiel ist es mir bisher einfach nicht in den Sinn gekommen, gute Schiffe zu bauen, die man ja offensichtlich manchmal braucht.“

„Und ob man sie braucht“, fügte Charlie nachdrücklich hinzu.

Der Alte wollte etwas entgegnen, doch da meldete sich mit ungewohnt dünner Stimme der Tapfere Löwe zu Wort:

“Ihr redet und redet“, sagte er, „und vergeßt dabei ganz, daß ich noch immer in dieser kümmerlichen Gestalt herumlaufe.“

„Na gut, befreien wir dich aus deiner engen Hülle“, der Alte lachte. „Laß es dir immerhin zur Lehre dienen.“

Er löste den Haken aus dem Fell, stellte sich breitbeinig hin, schwang seine Angel und rief:

„Racki, nacki, Donnerkraut, kehr zurück in deine Haut!“

Alle erwarteten ein Blitzen und Krachen in der Luft, nahmen an, daß im nächsten Augenblick das mächtige Tier von einst vor ihnen stände, doch nichts dergleichen geschah. Der Löwe schaute sie nach wie vor in Katzengestalt an.

„Der Spruch war wohl nicht ganz richtig“, sagte der Alte verlegen. „Na ja, ist eine Weile her, daß ich zuletzt gezaubert habe. Ich versuch’s gleich noch mal:

Racki, zacki, Donnerquell, kehr zurück ins alte Fell!“

Aber auch dieser Spruch wirkte nicht, und während sich die Freunde betreten ansahen, wurde der Alte langsam kribbelig.

„Na, so was“, sagte er, „es müßte doch klappen. Wie war der Spruch nur gleich ... Racki, schnacki, Donnerlittchen ...“

Er probierte es in immer neuen Varianten, aber nichts geschah. Schließlich gab er zu:

„Nein, es wird nichts, ich hab’s tatsächlich vergessen. Himmel, ist mir das peinlich. Warum mußtest du vorhin aber auch so wild auf mich losstürzen? Sonst wäre überhaupt nichts passiert.“

„Ich bin auf dich los, weil du so uneinsichtig warst. Wir müssen der Seekönigin und ihrem Volk helfen“, miaute wütend der kleine Löwe. „Wie soll ich jetzt vor sie hintreten?“

„Hast du denn kein Zauberbuch?“ fragte der Scheuch. „Kannst du dich nicht bei Stella erkundigen?“

„Die Sache ist die“, erklärte der Alte kleinlaut, „daß ich kein Zauberbuch besitze und mich mit Stella überworfen habe. Schon vor Jahren. Ich hatte ... nun ja, ihren Papagei in einen Staubwedel verwandelt und ihren Hund in einen Eiswürfel. Den Papagei konnte sie retten, er hatte bloß einen chronischen Husten davongetragen. Der Hund ist leider weggeschmolzen.“

„Du hattest also schon damals deine Schwierigkeiten mit dem Zurückzaubern“, stellte der Eiserne Holzfäller ernsthaft fest.

„Na klar, er war nicht gerade der gewandteste Lehrling, deshalb hat ihn Stella wahrscheinlich hinausgeworfen“, ergänzte Charlie respektlos.

Der Alte, der sich durchschaut fühlte, war nun echt zerknirscht.

„Ihr wollt doch zu dieser Seekönigin", sagte er, „vielleicht weiß die eine Lösung."

„Was", fauchte der Löwe, „ich, der aufgebrochen ist, um der Königin Belldora zu helfen, soll sie selbst um Hilfe bitten?! Das fehlte noch."

„Sei nicht so stolz", wies ihn der Eiserne Holzfäller zurecht. „Du warst vorhin wirklich ein bißchen unbesonnen und solltest jetzt Ruhe bewahren. Wenn sie dir deine einstige Größe zurückgegeben hat, wirst du dich durch deine Taten erkenntlich zeigen."

„Und falls es nicht gelingt, kannst du dich immer noch an Stella selbst wenden", tröstete der Scheuch.

Chris aber fügte hinzu:

„Außerdem kann man auch als kleines Tier eine große Hilfe sein. Ich brauche da bloß an meine Abenteuer auf der Rameria und an die niedlichen Puschel zu denken. Ohne sie wäre ich verloren gewesen. Sie haben mich aus dem Gefängnis befreit und in ihren unterirdischen Höhlen versteckt."

Diese Worte vor allem machten dem Löwen etwas Mut. Charlie aber, zielstrebig wie immer, hob besonders die praktische Seite der Verwandlung hervor:

„Gut ist im Moment auch, daß du nicht so schwer bist", sagte er. „Im Kahn wäre es sonst schon ein bißchen eng geworden." Und zu dem Alten: „Ich sehe es hoffentlich richtig – nach allem, was gerade passiert ist, wirst du uns dein Schiff doch wohl für einige Zeit überlassen?"

„Aber ja, das bin ich euch jetzt schuldig."

„Wir bringen es dir auch unbeschadet zurück", versicherte der Käptn, „da kannst du ganz beruhigt sein."

Der Alte nickte seufzend.

„Fragt, wenn ihr zurück seid, nach Pet Riva", sagte er, „so heiße ich nämlich.“ Dann holte er seinen Drahtkorb mit den Fischen aus dem Wasser, griff nach der Angel und seinem Stühlchen und balancierte über einen Steg an Land. Die Freunde dagegen machten es sich in der Schaluppe bequem. Der Eiserne Holzfäller nahm auf einer Bank im Heck Platz, der Scheuch kletterte auf die Kommandobrücke, Chris gesellte sich zu dem kleinen Löwen am Bug, und Charlie warf den Motor an.

Nachdem sie die Haltetaue gelöst hatten, stachen sie in See. Das Schiff, das bestimmt seit langem nicht mehr übers Wasser getuckert war, ächzte und knarrte, doch es setzte sich in Bewegung. Charlie, inzwischen am Ruder, hatte alle Hände voll zu tun, es auf Kurs zu bringen. Die übrigen aber, ausgenommen der kleine Löwe, winkten dem Alten zu. Noch immer betreten, aber auch ein wenig gerührt, winkte er mit seiner Angel zurück.

DIE GRAUEN WASSERMÄNNER

Inzwischen war längst Mittag vorüber. Die Wanderung, das Erlebnis mit den Bibern und nicht zuletzt die Begegnung mit dem alten Fischer hatten die Zeit wie im Flug verstreichen lassen. Der Scheuch und der Eiserne Holzfäller mußten nicht essen, die anderen aber merkten, daß ihnen der Magen knurrte. Charlie und Chris packten den mitgeführten Proviant aus und ließen es sich schmecken. Auch der Löwe machte sich über die Schweinshaxe her, die ihm Prinzessin Betty eingepackt hatte, und nun ergab sich ein weiterer Vorteil: Was der große Löwe sonst auf einmal verschlungen hätte, würde für den kleinen mehrere Tage reichen. Weil es ihm fast unehrenhaft erschien, eine derart bescheidene Portion zu vertilgen, fraß er dennoch, soviel er konnte. Gesättigt schlief er schließlich im Arm von Chris ein.

Sie fuhren in der Nachmittagssonne dahin, Dörfer, Felder und Wiesen zogen vorbei, Wälder und Berge grüßten herüber. Die Möwen, die sich gern mit Brot füttern lassen oder in der Kielspur von Schiffen fischen, jagten kreischend über sie hinweg. Vorsorglich ölte der Eiserne Holzfäller seine Gelenke, während der Scheuch ab und zu einen sehnsüchtigen Blick auf das Porträt seiner jungen Frau warf. Da nichts Ungewöhnliches geschah, wurde sogar Charlie am Ruder etwas schläfrig. Plötzlich aber riß er die Augen auf und stieß einen Pfiff aus.

„Was ist denn das?“ rief er erstaunt aus.

Der Scheuch war sofort an seiner Seite.

„Ich sehe nichts, was meinst du?“

„Dort bei der Sandbank. Nein, rechts bei den großen Steinen. Ah, jetzt sind sie verschwunden. Ist ja eigenartig.“

„Nun sag schon, was du bemerkt hast“, drängte der Scheuch. „Was heißt verschwunden? Wer? Waren es irgendwelche

Lebewesen, Seehunde oder gar Delphine wie Floy, den Klapp aus diesem Netz befreit hat?"

Charlie setzte den Feldstecher an, konnte aber offenbar nichts Aufregendes mehr entdecken.

„Weder Delphine noch Seehunde", erwiderte er dann, „solcher Tierchen wegen würde ich doch nicht so ein Aufhebens machen. Nein, was sich dort bewegt hat, sah nach menschlichen Wesen aus. Sie hatten dicke Bäuche und große Köpfe, schienen mir wabblig, quabblig und graugrün. Sie glotzten mit Froschaugen herüber, und einer zeigte mit dem Finger auf uns. Welcher Mensch aber kann so lange unter Wasser bleiben?"

Mittlerweile hatten sich die Freunde genähert und hielten gleichfalls Ausschau. Selbst der kleine Löwe war erwacht. Er streckte blinzelnd den Kopf über die Reling.

„Vielleicht waren es Piraten", sagte Chris, der sofort ein spannendes Abenteuer vermutete. „Sie haben sich im Schilf versteckt, um uns anzugreifen."

„O nein, mit Piraten hab ich mich in meinem Leben genug herumgeprügelt", erwiderte der Seemann. „Die rieche ich auf drei Meilen Entfernung. Außerdem hätten sie irgendwo einen seetüchtigen Schoner liegen. Ich kann aber nicht die kleinste Nußschale entdecken, so weit das Fernrohr reicht."

Sie starrten noch eine Weile zu jener Sandbank und den Steinen hinüber, suchten mit dem Fernglas den Fluß ab. Da sie nichts Verdächtiges mehr beobachteten, kehrten sie endlich an ihre Plätze zurück.

Mit einemmal rümpfte der Löwe die Nase und sagte:

„Riecht ihr denn nichts? Es stinkt hier ja so nach Schlamm und totem Fisch." Er beugte sich weit über die Reling, fuhr aber sofort wieder zurück. Ein dicklicher, schmutziger Arm hatte aus dem Wasser heraus nach ihm gegriffen. „Was sind denn das für häßliche Geister?" rief er.

Im selben Augenblick begann der Kahn zu schwanken und sich im Kreis zu drehen. Charlie, der verzweifelt das Ruder gepackt hielt, konnte das Steuerrad kaum noch bewegen, ja, er hätte es loslassen müssen, wäre ihm nicht der Eiserne Holzfäller zu Hilfe gekommen. Gemeinsam stemmten sie sich gegen eine unsichtbare Kraft, die sie in eine andere Richtung lenken wollte.

Dann gab diese Kraft unvermutet wieder nach, aber nun legte sich die Schaluppe auf die Seite.

„Hilfe, wir kentern“, schrie Chris, der sich schon in den Wellen versinken sah. Zusammen mit dem Scheuch und dem Eisernen Holzfäller rannte er zur gegenüberliegenden Reling, um das Gleichgewicht wieder herzustellen. Er und der federleichte Scheuch hätten wenig bewirkt, doch der schwere Eisenkerl, der sich trotz seiner Angst vor dem Wasser halb auf den Fluß hinauslehnte, verhinderte das Schlimmste. Sie kippten nicht um, sondern fuhren nur an die fünfzig Meter, in Schräglage schaukelnd und schwankend, auf dem Fluß dahin. Und jetzt rochen auch alle anderen den fauligen Fischgestank.

Der Tapfere Löwe war inzwischen zu Käptn Charlie auf die Brücke gesprungen. Die Pfoten mit den ausgestreckten Krallen gegen die Bodenplanken gestemmt, damit er nicht abrutschte, begann er zu fauchen und zu brüllen, so laut es seine schwache Stimme hergab. Dabei blickte er angestrengt nach steuerbord, wo sich wilde Wirbel bildeten.

Plötzlich tauchte ein dicker Kopf mit rötlich vorquellenden Augen aus den Fluten auf, und eine graue Platschhand, fast eine Flosse, faßte nach dem Schiffsgeländer.

„Ein Wassermann!“ schrie Chris, der zwar noch nie einen in Wirklichkeit, wohl aber in Büchern abgebildet gesehen hatte.

Charlie ließ das Ruder los und stürzte zu seinen Gefährten, um mit ihnen das Schiff im Lot zu halten. Der kleine Löwe jedoch setzte

zum Sprung auf den schwabbligen Gegner an, der das Schiff entweder entern oder umkippen wollte. Seine neue Körpergröße nicht gewohnt, verschätzte er sich in der Entfernung und landete vor dem Ziel, wurde dann allerdings vom Schwung weitergetragen, rutschte in die Relingseile und schlug seine Zähne in die Hand des unheimlichen Wesens. Das dickköpfige kleine Männchen quietschte wie ein Ferkel und verschwand wieder in den Wellen. Ein Teil seiner Flossenhand blieb im Maul des Löwen zurück.

Sekunden später neigte sich die Schaluppe zur anderen Seite, so daß eine Woge das Deck überschwemmte und der kleine Löwe mit dem Kopf gegen das Steuerrad flog.

Der Fluß wirbelte und strudelte, aber die Wassermänner hatten losgelassen. Ja, es mußten mehrere sein, man sah ihre schemenhaften Gestalten blitzschnell untertauchen. Offenbar traten sie den Rückzug an.

Charlie, Chris, der Scheuch und mit einiger Verzögerung auch der Eiserne Holzfäller sprangen zur Mitte des Schiffes, damit es nicht nach ihrer Seite hin umschlug. Mißtrauisch beobachteten sie noch eine Weile die Wasseroberfläche. Erst als sich der faulige Fischgeruch verzog, atmeten sie etwas auf.

Inzwischen war die Strömung stärker geworden, und der Kahn trieb mit großer Geschwindigkeit auf einen Felsen zu, der mitten aus dem Fluß aufragte. Die Freunde, noch mit den vorangegangenen Erlebnissen beschäftigt, merkten es erst in letzter Minute. Mit zwei Sätzen, die des Tapferen Löwen würdig gewesen wären, hetzte Käptn Charlie zum Ruder und riß es herum. Das Schiff machte eine jähe Wendung und schoß um Haaresbreite an der Klippe vorbei. Dabei knirschte und schrammte es am Kiel. Unter Wasser war der Felsen wohl breiter.

„Bei allen Riffen der Ozeane", schimpfte Charlie, „das war knapp. Durch diese Teufel habe ich alter Esel mich ablenken lassen. Beinahe hätten wir mit unseren Leibern die Fische gefüttert."

„An mir hätten sie sich die Zähne ausgebissen", entgegnete der Eiserne Holzfäller trocken, „trotzdem wäre es dumm gewesen zu kentern. Die Seekönigin hätte dann vergeblich auf unsere Hilfe gehofft."

„Und Pet Riva hätte lange warten können, bis er sein Schiff zurückbekommt", ergänzte der Scheuch.

„Das wäre wirklich meine geringste Sorge", knurrte der kleine Löwe und machte ein grimmiges Gesicht.

Die anderen mußten lachen, zumal der Löwe aussah, als hätte er gerade mit der Schnauze im Schlamm gewühlt. Er war ums Maul herum ganz braun und grau verschmiert. Vor ihm lag ein Stück glibbriges, grünliches Pflanzenzeug.

„Was ist denn mit dir passiert?" fragte Chris überrascht.

Der Löwe, der sich ja nicht im Spiegel betrachten konnte, fuhr mit der Tatze über sein Gesicht.

„Ich hab den Kerl an der Flosse erwischt", sagte er, „aber sie war wie Brei. Und das da sind seine Finger.“ Er deutete vor sich auf den Boden.

„Seine Finger?“ fragte der Scheuch. „Das sind doch nur Wasserpflanzen.“

„Nicht einmal das“, ergänzte Käptn Charlie. „Öliger Schlamm ist es, alte Wagenschmiere.“

Tatsächlich hatten sich die Pflanzen in schmutzigen, breiigen Schlamm verwandelt.

Der Tapfere Löwe blickte verblüfft auf das Häufchen Dreck.

„Ich schwör’s, ich hatte seine glibbrige Pfote zwischen den Zähnen“, murmelte er.

„Das mag schon sein“, erwiderte Charlie. „Jetzt liegt hier aber nur noch ein bißchen Unrat. Ich hab euch ja gleich gesagt, daß mit diesen Quallenköpfen etwas nicht stimmt. Sie kamen mir von Anfang an verdächtig vor.“

„Jedenfalls haben wir sie erst einmal in die Flucht geschlagen“, erklärte zufrieden der Eiserne Holzfäller.

„Stimmt, doch sie können’s erneut versuchen. Wir müssen vorsichtig sein“, warnte Charlie.

DER HINTERHALT

Angespannt schauten die Freunde auf den Fluß, konnten aber keine Spur von den grauen Wassermännern mehr entdecken. Es war, als sei nichts geschehen. Dunkel und ruhig strömten die Fluten dahin.

„Was meinst du, Onkel Charlie“, fragte Chris nach einer Weile, „wollten die uns kapern?“

„Sah eher so aus, als hätten sie uns am liebsten mitsamt unserer Jolle auf den Grund geschickt. Ich frage mich, warum?“ Der Seemann wiegte nachdenklich den Kopf.

„Auf alle Fälle war das mehr als ein Schabernack“, gab der Eiserne Holzfäller zu bedenken.

„Diese Quallenköpfe scheinen ziemlich böse Geister zu sein“, vermutete der Scheuch. „Es gibt im Zauberland also immer noch welche. Zumindest im Wasser. Ich will allerdings gern zugeben, daß ich mich da nicht so auskenne.“

„Wie auch immer, wir müssen auf der Hut sein“, fügte der Löwe hinzu. „Man glaubt, alles sei in Ordnung, und schon gerat man in einen Hinterhalt. Kürzlich soll sogar die Hexe Arachna wieder aufgetaucht sein, die wir längst tot und vermodert wähnten. Nach dem Kampf mit dem Adler Karfax und dem Ritter Tilli-Willi war sie ja in einen Abgrund gestürzt. Nun soll sie hinter einem Riesenmädchen und dem Säbelzahntiger Achr hergewesen sein. Zum Glück ist sie gleich wieder verschwunden.“

„Von dieser Geschichte habe ich auch gehört“, bestätigte der Eiserne Holzfäller, „in den Bergen sollen sie beobachtet worden sein.“

So unterhielten sie sich, ohne den Fluß aus den Augen zu verlieren. Mit der Zeit jedoch beruhigten sie sich. Eine unmittelbare Gefahr schien nicht mehr zu bestehen.

Langsam brach der Abend herein, und der Scheuch stieg in die Kajüte hinunter, um nach einer Lampe zu suchen. Zum Glück hatte Pet Riva eine Laterne und genügend Öl an Bord. Wenn es richtig dunkel wurde, brauchten sie unbedingt Licht.

Sie wollten die Nacht hindurch fahren und hofften, am nächsten Morgen das Muschelmeer zu erreichen. Doch es kam anders als geplant, denn ein neues Problem tauchte auf. Sie hatten nicht damit gerechnet, daß sich der Fluß auf einmal teilte. Ein breiter Flußarm führte nach Westen, ein schmalerer nach Osten. Welchen von den beiden sollten sie nehmen?

„Das Muschelmeer soll im Norden liegen", sagte Charlie, „wahrscheinlich fließen beide Ströme in weitem Bogen dorthin. Möglicherweise treffen sie sich weiter vorn sogar wieder. Doch welcher Weg ist nun der kürzere? Kennt sich jemand von euch aus?"

Er blickte nacheinander den Scheuch, den kleinen Löwen und den Eisernen Holzfäller an, die gewissermaßen Einheimische waren. Doch die drei konnten ihm nicht helfen. In dieser Gegend waren sie noch nie gewesen.

„Vielleicht finden wir in der Kajüte eine Karte", sagte Chris. „Eine Laterne war ja auch da. Ich werde mal nachsehen."

Er blieb eine Weile weg, während Charlie an der Landspitze, die den Fluß teilte, vor Anker ging. Auch der Scheuch half beim Suchen. Doch sie kamen mit leeren Händen zurück.

„Nichts zu finden", der Scheuch schüttelte bedauernd den Kopf.

„Wenn wir keinerlei Karte haben und auch kein Mensch an Land ist, den wir fragen können, sollten wir den breiten Flußarm nehmen", schlug der Eiserne Holzfäller vor. „Auf ihm gelangen wir bestimmt sicher ans Ziel."

Die meisten waren seiner Meinung, aber Charlie entgegnete:

„Bei allen Klippen und Sandbänken, mein Gefühl sagt mir, daß der schmalere Arm günstiger ist. Das Wasser fließt hier viel ruhiger dahin."

„Du bist der Kapitän, du kennst dich am besten aus", stimmte ihm der Holzfäller friedfertig zu.

Sie hatten sich schon fast für diesen Flußlauf entschieden, da blitzten am Ufer des breiteren Armes Lichter auf. Es war, als blinkten dort viele Taschenlampen.

„Da vorn sind Leute", rief Chris, „vielleicht gibt es sogar ein Dorf. Bestimmt können wir uns dort nach dem kürzesten Weg erkundigen."

Charlie war nicht begeistert:

„Mir gefällt die Sache nicht. Das hält uns alles nur unnütz auf."

„Die Zeit, die wir dabei verlieren, sparen wir später bestimmt wieder ein", erwiderte der Junge.

„Na gut, meinetwegen", willigte der Käptn ein.

Die Lichter tanzten am Ufer hin und her, es sah aus, als schwankten sie im Wind. Charlie, der schnell weiter wollte, steuerte direkt darauf zu, ließ diesmal aber die nötige Sorgfalt walten. Er hütete sich, erneut an einen Felsen zu geraten. Doch so sonderbar es klingen mag, sie kamen dem Ziel nur wenig näher. Obwohl sie die Flußgabelung schon eine Weile hinter sich gelassen hatten, blieb die Entfernung gleich. Dann verschwanden die meisten Lichter sogar. Nur eine einzige Laterne – oder war es eine Fackel – flackerte noch am Ufer.

„Es ist kein Dorf", sagte der Scheuch, „es sind Wanderer, die über Land ziehen. Vielleicht eine Karawane. Jemand scheint aber dageblieben zu sein. Ihn können wir fragen."

Die anderen dachten ebenso, und so nahmen sie Kurs auf das Ufer. Plötzlich jedoch erlosch auch dieses Licht. Gleichzeitig wurde ihr Schiff von einer starken Strömung erfaßt. Erneut teilte sich der Fluß. Sie wurden nach rechts gerissen, wo das Wasser ein ziemliches Gefälle hatte.

Inzwischen war es stockdunkel geworden, ein Rauschen und Tosen erfüllte die Luft, das auf nahegelegene Stromschnellen hindeutete. Obgleich der Scheuch die Schiffslaterne angezündet und am Bug befestigt hatte, konnten sie nur ein paar Meter weit sehen.

Die Fahrt war nun so schnell, daß es den Passagieren angst und bange wurde. Charlie riß das Ruder herum und versuchte durch waghalsige Manöver in stilleres Wasser zu gelangen, doch das mißglückte. Schließlich gab er es auf und rief:

„Alle festhalten, damit keiner über Bord geht! Es scheint, wir sind in einen Strudel geraten! Wir müssen uns von der Strömung mitreißen lassen, bis der Fluß wieder ruhiger wird!"

Kaum hatte er das gesagt, sausten sie auch schon auf eine Klippe zu. Der Seemann hatte alle Mühe, die Schaluppe daran vorbeizusteuern. Der Eiserne Holzfäller, der noch keinen Pfahl und kein Seil zu fassen gekriegt hatte, geriet bei dieser Wende aus dem Gleichgewicht und stürzte auf die Planken. Zum Glück verfing er sich in einem Netz und wurde so vor einer Rutschpartie bewahrt, die im Fluß geendet hätte. Die anderen klammerten sich an Masten, der Reling oder irgendwelchen Aufbauten fest. Das Tosen aber wurde stärker und stärker.

„Ein Wasserfall", schrie Chris, „wir treiben auf einen Wasserfall zu!"

„Springen wir über Bord, bevor es zu spät ist", rief der Tapfere Löwe, „schwimmend erreichen wir vielleicht das Ufer."

Er wollte sich schon in die Fluten werfen, da tauchte ein riesiger Schatten vor ihnen auf. Es gab einen fürchterlichen Krach, dann jagten hundert Peitschen über sie hinweg, hundert Arme griffen nach ihnen. Das Schiff wurde durchgerüttelt und halb um die Achse gedreht. Gleich darauf lag es ganz still im Wasser. Nur der Motor tuckerte leise weiter.

Das Brüllen und Tosen des Flusses allerdings war nicht weniger geworden; ein paar Meter vor ihnen stürzten die Wassermassen in die Tiefe.

„Beim Klabautermann“, stöhnte Charlie, „um ein Haar wär's aus mit uns gewesen. Da hat uns der Himmel geholfen.“

„Aber was ist los, was hat uns gerettet?“ fragte Chris, von der höllischen Fahrt und dem plötzlichen Stopp noch ganz benommen.

Wie durch ein Wunder war die Lampe nicht ausgegangen, so daß sie ein bißchen Licht hatten. Es sah aus, als steckten sie mitsamt ihrem Schiff in einem dichten Gebüsch.

„Zu unserem Glück ist ein riesiger Baum in den Fluß gestürzt und hat uns mit seiner Krone aufgehalten“, erklärte Charlie. „Seine Wurzeln scheinen noch fest im Erdreich zu stecken.“

Nun begriffen sie, daß die Peitschen und Arme nichts als Zweige gewesen waren.

Mit einemmal kam auch der Mond hinter den Wolken hervor, überzog die Landschaft mit einem silbrigen Schimmer.

„Sind alle wohlauf?“ fragte Charlie, der zwar ein paar Gertenhiebe abbekommen hatte, sich sonst aber gesund fühlte. „Was ist mit dir, Holzfäller?“

Der Eiserne Holzfäller streifte das Netz ab, in das er sich verwickelt hatte, und erhob sich ächzend.

„Zum Glück lag ich am Boden, als wir in diesen Baum gerieten. Die Äste und Zweige sind über mich hinweggerauscht. Allerdings scheine ich mir bei meinem Sturz den linken Arm ausgekugelt zu haben.“

„Zeig mal her“, sagte der Seemann.

Ein Ruck, und der Arm saß wieder richtig im Gelenk. Mit ein wenig Öl war alles behoben.

„Mich hat die Kommandobrücke geschützt, mir ist nichts passiert“, erklärte der Scheuch.

„Ich habe ein paar Striemen und blaue Flecke abgekriegt, bin aber im großen und ganzen in Ordnung.“ Chris war fast ein wenig stolz auf seine Blessuren.

„Und du, Löwe?“ fragte der Käptn.

„Glaubst du, mir machen ein paar Zweige etwas aus? Ich hab mich einfach geduckt.“

„Gut. Dann müssen wir uns nur noch um das Schiff kümmern. Zweimal hat es gekracht und geknirscht, als würde der Kahn auseinanderbrechen.“ Der Seemann stieg nach unten, um die Wände zu überprüfen.

Chris kletterte ihm hinterher, und tatsächlich mußten sie ein kleines Leck abdichten, das sie sich an einem der Felsbrocken im Fluß zugezogen hatten. Das Wasser stand bereits knöchelhoch im Rumpf. Mit Werg und Charlies buntem Halstuch stopften sie das Loch notdürftig zu, dann schöpften sie das Wasser aus.

„Es hilft nichts, wir müssen eine Pause einlegen“, sagte der Käptn betrübt. „So kommen wir nicht bis zum Meer.“

„Die Frage ist, wie wir überhaupt weitermachen sollen“, murrte der Löwe. „Erstens sitzen wir zwischen diesen Ästen fest, und zweitens liegt vor uns der Wasserfall.“

„Wir sind ja nicht weit vom Ufer entfernt“, erklärte da der Scheuch. „Ich schlage vor, daß wir anlegen und dort alles weitere in Angriff nehmen. Du, Löwe, könntest schon mal über den Baum an Land klettern und die Gegend erkunden. Wir andern müssen erst noch das Schiff aus dem Geäst befreien.“

Diese klugen Worte gaben den Freunden neuen Mut. Der Tapfere Löwe kletterte sofort in die Zweige und balancierte über den Baumstamm ans Ufer.

„Kommt hierher“, rief er gleich darauf, „hier ist eine kleine Bucht, in der wir ankern und das Schiff reparieren können.“

Während Käptn Charlie gemeinsam mit Chris und dem Scheuch die dünneren Äste und Zweige beiseite schob, schwang der Eiserne Holzfäller kräftig die Axt. Er war voll in seinem Element, hackte alles ab, was die Schaluppe daran hinderte, in freies Wasser zu gelangen. So war es bald geschafft, und sie steuerten die vom Löwen erwähnte Bucht an.

Die Nacht war kühl, deshalb beschlossen sie, ein großes Feuer zu machen. Sie wollten ein paar Stunden schlafen, das Schiff reparieren und sich dann einen befahrbaren Weg zum Muschelmeer suchen. Der Löwe, der sich an Land umgesehen hatte, berichtete, daß ein kleines Stück flußaufwärts ein Seitenarm abzweigte, der sie wahrscheinlich zum Hauptstrom zurückführte. Wenn sie am Rand blieben, würden sie es trotz Gegenströmung bis dorthin schaffen.

So zündeten sie ein Lagerfeuer an und legten sich, in Decken gehüllt, am Ufer nieder. Der kleine Löwe kuschelte sich wie eine Katze in Chris’ Arm, und die beiden schliefen sofort ein. Auch der Scheuch, der noch einmal verliebt Bettys Porträt betrachtet hatte, kam bald zur Ruhe. Charlie dagegen brauchte länger. Ihn beunruhigten die Lichter, die sie zu diesem gefährlichen Flußarm gelockt hatten. Zuerst der Angriff der Wassermänner, dann dieser Hinterhalt! Das konnte kein Zufall sein.

DER JUNGE IST VERSCHWUNDEN

Charlie nahm sich vor, die Augen nun erst recht offenzuhalten, ab morgen noch mehr aufzupassen. Endlich schlief auch er ein. Während das Feuer langsam niederbrannte, hörte man ringsum nur gleichmäßige Atemzüge und unregelmäßige Schnarchtöne. Der Eiserne Holzfäller aber, der niemals schlief, war aufs Schiff gegangen. Er saß auf einer Kiste an Deck und bewachte die Schaluppe. Es konnte ja sein, daß die Wassermänner oder irgendwelche anderen Bösewichte einen neuen Angriff starteten.

Es ging wohl schon auf den Morgen zu, als Chris jählings erwachte. Er hatte vom Seemonster geträumt, einem unförmigen Wesen aus bräunlichem Tang, mit grünen Augen und einer Schilfkrone auf dem Kopf. Jetzt war er froh, die Freunde um sich her zu sehen. Da er großen Durst verspürte, erhob er sich leise. Dabei wurde der kleine Löwe wach, der sich eng an ihn geschmiegt hatte und sofort Gefahr witterte. Aber Chris beruhigte ihn und bat ihn, weiterzuschlafen. Er nickte auch dem Holzfäller zu, der aufmerksam geworden war. Dann entfernte er sich in Richtung eines Gehölzes, wo das Plätschern einer Quelle zu hören war.

Es war noch recht dunkel, der Mond hinter den Wolken verschwunden, deshalb verschätzte sich Chris in der Entfernung: die Quelle schien weiter weg zu sein als angenommen. Sollte er seinen Durst lieber am Fluß stillen? Ein paar Schritte noch, sagte sich der Junge, zumal jetzt vor ihm ein schwacher Strahl hin und her tanzte. Aber nein, das war noch nicht die Morgensonne, es war ein grünlich flackerndes Licht, das die Büsche in einen smaragdenen Glanz tauchte.

Chris hätte an die Lichter vom Vorabend denken und gewarnt sein müssen, doch der Schein zog ihn geradezu magisch an, und das Plätschern war plötzlich wieder ganz in der Nähe. Nur noch ein kleines Stück, dachte er, bis zu dem nächsten Strauch dort. Er freute sich schon auf den Geschmack des frischen Wassers in seinem Mund.

Doch die Freude währte nicht lange, urplötzlich war alles anders. Jäh verlosch das Licht, das Plätschern wurde zu einem dumpfen Glucksen, und unter seinen Füßen gab der Boden nach. Der Junge stieß einen Schrei aus, er versuchte sich an einem Ast festzuhalten, der ihm gegen den Arm schlug. Aber der Ast brach ab, und schon war Chris bis zu den Hüften eingesunken.

„Hilfe“, rief er, „zu Hilfe, Onkel Charlie, Scheuch!“

Der Schrei erhob sich über die Büsche, drang zum Fluß und zu den Ohren des Eisernen Holzfällers, der sich erschrocken aufrichtete und umdrehte. Auch der kleine Löwe vernahm die Stimme des Jungen und fuhr ein zweites Mal aus dem Schlaf hoch. Im Nu war er auf den Beinen, und als Chris erneut und diesmal schon mit viel schwächerer Stimme rief, stürzte er los. Der Eiserne Holzfäller rannte hinter ihm her, so schnell seine etwas ungelenken Beine das erlaubten.

Sie kamen bei den Büschen an, wo es unvermutet naß und glitschig wurde.

„Bleib stehen, hier ist ein Sumpf!“ Der Löwe konnte seinen Gefährten gerade noch warnen, bevor der gleichfalls abrutschte. Schwer wie er war, sank er trotzdem bis zu den Knöcheln in den Morast ein, zog die Beine aber mit einiger Mühe wieder heraus.

Der Tapfere Löwe drang weiter vor. Er sprang auf einen Ast und versuchte das Dunkel mit seinen scharfen Augen zu durchdringen.

„Chris“, rief er, „wo bist du?“ Und auch der Holzfäller brüllte: „Chris!“ Doch von dem Jungen war nichts zu entdecken.

Inzwischen waren die anderen gleichfalls wach geworden. Sowohl Charlie als auch der Scheuch eilten herbei.

„Um Himmels willen, was ist geschehen?“ fragte Charlie. „Dem Jungen ist doch hoffentlich nichts zugestoßen?“

Er bekam keine Antwort. Nur der Holzfäller, nachdem er noch ein paarmal nach Chris gerufen hatte, sagte leise:

„Ich hätte ihn nicht gehen lassen dürfen!“

„Ihr glaubt doch nicht etwa, daß Chris ins Moor geraten ist?“

Wieder kam keine Entgegnung. Stattdessen murmelte der Eiserne Holzfäller:

„Armer Junge.“

„Nein“, sagte Charlie, „niemals! Chris steckt nicht in diesem Dreck, das kann und darf nicht sein. Er ist weg vom Lagerplatz, gut, aber wahrscheinlich ist er in eine andere Richtung gegangen. Woher wollt ihr wissen, daß er ausgerechnet hier war?“

„Er ist in diese Richtung gelaufen, genau in diese“, murmelte der Holzfäller, und der Löwe ergänzte:

„Sein Schrei kam von hier, ich täusche mich nicht.“

„Wann hat Chris denn gerufen?“ fragte nun der Scheuch. Er hatte nichts gehört, war erst durch den Lärm der Freunde aufgewacht.

„Vor fünf Minuten“, erwiderte der Löwe. „Ich bin sofort hergesaust, konnte aber nichts mehr von ihm entdecken.“

„So schnell soll er ...“ Der Scheuch sprach den schrecklichen Verdacht, daß der Junge im Morast umgekommen sein könnte, nicht aus. Er fügte vielmehr hinzu: „Das ist ganz unmöglich.“

Die anderen faßten wieder etwas Mut und begannen erneut nach Chris zu rufen. Inzwischen wurde es langsam hell, so daß man besser sehen konnte. Plötzlich sagte der Tapfere Löwe:

„Dort sind Äste abgebrochen, dort muß es gewesen sein. Bleibt hier, ihr seid zu schwer. Ich werde mir die Stelle genauer anschauen.“

„Ich bin leicht, ich komme mit“, rief der Scheuch.

Der Löwe setzte vorsichtig eine Pfote vor die andere, benutzte Grashöcker, winzige Erderhebungen, um sich vorwärtszutasten. Der Scheuch folgte in seiner Spur, und bald hatten sie die Stelle erreicht.

„Achtung“, sagte der Löwe, „hier scheint es tatsächlich kaum noch festen Grund zu geben.“

Bräunlich-grauer Schlamm, auf dem sich ab und zu Blasen bildeten, breitete sich vor ihnen aus.

„Wenn Chris hier hineingeraten sein sollte ...“ Der Löwe brachte seinen Satz nicht zu Ende.

Der Scheuch ließ seinen Blick über den Morast gleiten.

„Dort sind ebenfalls Zweige abgebrochen“, sagte er, „und wenn mich nicht alles täuscht, hängt an dem Busch ein Fetzen von Chris’ buntem Hemd.“

„Tatsächlich“, der Löwe war gleich ganz aufgeregt. „Aber wenn Chris an dem Strauch dort war, kann er nicht hier untergegangen sein.“

„Genau das habe ich mir soeben auch überlegt.“ Der Scheuch sah nachdenklich zu dem Busch hinüber.

„Möchte bloß wissen, wie er dorthin gelangt ist“, sagte der Löwe verwundert. „Sogar wir würden einsinken, und wir sind leichter.“

„Trotzdem sollten wir versuchen, uns die Stelle von nahem anzusehen“, murmelte der Scheuch.

Der kleine Löwe nickte und setzte eine Pfote auf den wäßrigen Untergrund. Sofort drückte sich seine Tatze tief in den Schlamm. Da er aber nur noch das Gewicht einer Katze hatte, gelang es ihm durch vorsichtiges Tasten, einen Pfad zu dem zweiten Strauch zu finden. Auch diesmal folgte ihm der Scheuch.

Als der Löwe unversehens in den Morast rutschte, der ihn sofort einzusaugen drohte, hielt ihm der Scheuch einen Ast hin und zog ihn heraus.

Schließlich erreichten sie das kärgliche Gebüsch. Kein Zweifel, der Fetzen stammte vom Hemd des Jungen. Auch waren mehrere Zweige und Äste abgebrochen.

„Das sieht aus, als hätte ein Kampf stattgefunden“, sagte der Scheuch. „Als hätte Chris sich an diesen Zweigen festhalten wollen. Aber er kann nicht allein hierher gelangt sein.“

„Und wer soll ihn mitten in diesen Sumpf geschleppt haben?“ fragte der kleine Löwe.

„Jemand, der noch weniger wiegt als wir. Oder der hier in seinem Element ist!“

Sie sahen sich nach weiteren Spuren um, fanden jedoch nichts mehr. Schließlich kehrten sie traurig zu Charlie und dem Holzfäller zurück, von denen sie bereits ungeduldig erwartet wurden.

„Na, was ist?“ rief ihnen Charlie schon von weitem entgegen. „Habt ihr etwas entdeckt?“

„Das hier! An einem Ort, den Chris niemals allein erreichen konnte.“ Der Scheuch hielt ihm das Stückchen Stoff hin und schilderte, was sie gesehen hatten.

„Und ihr habt nichts auf dem Moor selbst bemerkt? Auch nicht die Mütze meines Neffen?“

„Nichts“, bestätigte der kleine Löwe.

„Die Mütze wäre nicht mit untergegangen, das gibt wieder ein bißchen Hoffnung“, murmelte Charlie.

„Aber wo soll der Junge denn geblieben sein?“ fragte der Eiserne Holzfäller.

„Ich hab da so meinen Verdacht“, erklärte der Käptn. Und an den Löwen gewandt: „Du hast doch eine feine Nase. Hast du dort drüben nichts gerochen?“

„Nur Morast und stinkenden Fisch“, knurrte der Löwe.

„Das dachte ich mir. Im Moor riecht es zwar nach Schlamm, aber kaum nach Fischen.“

Nun fiel bei den anderen der Groschen.

„Du meinst, diese Wassermänner sind im Spiel?“ murmelte der Holzfäller.

„Natürlich, Charlie hat recht. Diese hinterhältigen Gesellen haben ihm aufgelauert“, rief der Scheuch.

„Diese Schufte. Wenn ich sie erwische, werde ich sie zerfetzen“, drohte der Löwe. „Vielleicht haben sie Chris umgebracht.“ Aus seinen Augen flossen plötzlich große Tränen.

Der Holzfäller, der ja ein sehr mitfühlendes Herz hatte, begann gleichfalls zu weinen, und bald heulten sie alle vier. Aber das half ihnen nicht weiter, das brachte den Jungen leider nicht zurück.

DIE ENTFÜHRUNG

Chris kam in einem Gewirr von Wasserpflanzen und Schilf zu sich, er saß mit dem Hintern im Wasser, war sonderbarerweise aber kein bißchen naß.

Was ist passiert, wo bin ich? dachte er und versuchte sich zurechtzufinden. Wenn er es richtig sah, schimmerte der Fluß durch das Schilf hindurch, doch es konnte nicht die Stelle sein, an der sie vor Anker gegangen waren. Weder gab es hier eine Bucht, noch rauschte in der Nähe ein Wasserfall.

Wo ist unser Schiff, wo sind Onkel Charlie, der Weise Scheuch und die anderen? fuhr es dem Jungen durch den Kopf. Plötzlich erinnerte er sich wieder an alles. Sie hatten diese wilde Fahrt mit der Schaluppe gemacht, waren in einem Baum gelandet und dann an Land gegangen. Sie hatten alle am Lagerfeuer geschlafen, und er war gegen Morgen aufgewacht. Danach war er auf die Büsche zugelaufen. Das Licht, das smaragdgrüne Licht, dachte er, es war weg, und ich bin in ein Sumpfloch gestürzt. Ich glaubte schon, ich müßte ersticken, aber dann haben mich fremde Hände herausgezogen. Oder besser gesagt, schleimig-kalte Pfoten. Jemand hat mich fortgezerrt, und es nützte nichts, daß ich mich mit aller Kraft wehrte. Sie haben mich umklammert, mir den Mund zugehalten, damit ich nicht schreien konnte. Schließlich bin ich ohnmächtig geworden. Genauso war's!

Chris sprang auf. Hier kann ich nicht bleiben, ich muß unbedingt zu unserem Schiff zurück, sagte er sich. Er bog das Schilf auseinander und machte einen Schritt nach vorn. Da sah er sie sitzen. Gleich drei oder vier hockten da und glotzten ihn an.

Es waren die Wassermänner, unförmig, glibbrig, mit runden Köpfen und Froschaugen. Als Chris einen zweiten Schritt vorwärts tat, richteten sie sich drohend auf.

„Was wollt ihr von mir?“ Der Junge bemühte sich, seine Furcht zu verbergen.

Die häßlichen Kugelköpfe, die etwas kleiner waren als er, gaben keine Antwort.

„Habt ihr mich mit eurem Licht ins Moor gelockt und dann wieder herausgezogen?“

Der größte der Wassermänner, vielleicht ihr Anführer, erwiderte etwas, das wie „Pfatsch, blubb, platsch“ klang.

„Kennt ihr unsere Sprache nicht? Im Zauberland können doch alle Wesen sprechen.“

Plötzlich sagte der kleinste der widerlichen Kerle zischelnd, aber verständlich:

„Wir stammen nicht aus dem Zauberland, pfft. Wir wollen uns nur hier ansiedeln, pfft. Die wenigsten von uns sind in der Lage, pfft pfft, euer scheußliches Kauderwelsch zu lernen.“

„Wenigstens scheinst du es zu können“, seufzte Chris. „Also was ist, wart ihr das nun heute nacht oder nicht?“

Der kleine Wassermann, der Plitsch hieß, wie der Junge später erfuhr, verständigte sich kurz mit seinen Gefährten. Dabei gaben alle Töne von sich, die wie Sumpfgequatscher klangen. Schließlich sagte Plitsch:

„Wir haben dich gefangengenommen, um dich zu unserem Herrn zu bringen.“

„Zu eurem Herrn? Wer ist das? Und überhaupt, was heißt gefangengenommen? Dazu habt ihr kein Recht. Ich gehe, wohin ich will.“

„Du gehst nirgendwohin, pfft“, sagte der Kleine. „Wir haben euch bei dem alten Angler belauscht, pfft. Ihr wollt der Seekönigin helfen. Unser Herr läßt das nicht zu, pfft!“

„Das wollen wir doch mal sehen“, rief Chris. Er ballte die Fäuste und sprang auf die Wassermänner zu, um zwischen ihnen hindurch

an Land zu gelangen.Doch er hatte noch keine zwei Schritte getan, da klatschte ihm eine Flosse ins Gesicht, eine zweite hielt seinen Arm fest, eine dritte zog ihm die Beine weg, so daß er ins flache Wasser zwischen das Schilf plumpste. Mit großer Kraft packten ihn die Wassermänner und hielten ihn fest. Dann schleppten sie ihn hinter sich her, mitten hinein in den Fluß.

Der Junge konnte sich nicht wehren. Verzweifelt schrie er:

„Was habt ihr mit mir vor, ihr Banditen? Wollt ihr mich umbringen?“

„Solange wir dabei sind, pfft, passiert dir unter Wasser nichts“, erwiderte Plitsch.

Tatsächlich tauchten sie nun unter, und zu seinem Erstaunen merkte Chris, daß er nach wie vor Luft bekam, ja, nicht einmal naß wurde.

Die Wassermänner aber veränderten ihre Form, sie glichen auf einmal großen Fischen. Chris in der Mitte haltend, schwammen sie schnell mit der Strömung flußabwärts. Manchmal schossen sie knapp unter der Oberfläche dahin, manchmal tauchten sie bis zum Grund hinab.

Allmählich gewöhnte sich Chris an seine Lage, er merkte, daß er, von der Zauberkraft der Wassermänner getragen, in einer großen Luftblase dahinglitt. Wäre es nicht um seine Entführung gegangen, er hätte den Blick in die Tiefen des Flusses sogar genossen. Die Pflanzen am Grund, die Steine, die Lebewesen hier sahen ganz anders aus als von oben. Der Junge fühlte sich wie in einem Aquarium. Fische schossen vorbei oder schwammen nebenher und schauten die Gruppe aus großen Augen an. Mal war es heller, mal dunkler, die Farben grün, grau, braun, silbrig wechselten blitzschnell oder vermischten sich.

Was wird aus mir, wenn eine Stromschnelle kommt oder ein Wasserfall wie gestern abend, überlegte Chris flüchtig, begriff aber zugleich, daß die Wassermänner ihn über all diese Hindernisse hinweglotsen würden. Sie wollten ihn unbeschadet ans Ziel bringen und schienen sich viel von ihm zu versprechen. Ob ihr Herr das Seemonster war, von dem Klapp, der Storch, erzählt hatte? Chris fragte

Plitsch danach, bekam jedoch nur zur Antwort, daß er das noch früh genug erfahren würde, pfft.

Nach ein paar Stunden tauchten sie auf und schwammen ans Ufer. Der Junge glaubte schon, daß sie am Ziel angelangt wären, und hielt nach dem Ungeheuer Ausschau. Doch die Wassermänner, die nun wieder ihre ursprüngliche Gestalt angenommen hatten, wollten nur eine Rast einlegen.

Endlich konnte Chris wieder einen Blick auf die Landschaft werfen, und er sah, daß sie das Muschelmeer erreicht hatten. Der Fluß mündete hier. Er war sehr breit geworden und ruhiger, vielleicht hatten sich die verschiedenen Arme wieder vereinigt. Das Meer selbst aber erstreckte sich vor den Augen des Jungen bis zum Horizont. Es war nur leicht bewegt und blau wie der Himmel. Ein weißer Strand, mit unzähligen Muscheln übersät, zog sich an seinen Ufern hin.

Die Wassermänner suchten sich eine feuchte Stelle am Strand aus, wo Tang und bräunlich-verrottetes Seegras lagen. Hier roch es leicht modrig, was ihnen aber zu gefallen schien. Für Chris dagegen, der ohnehin ständig den fauligen Fischdunst in der Nase hatte, den sie selbst ausströmten, war der Geruch kaum auszuhalten. Doch als er wissen wollte, weshalb sie nicht einen der vielen sauberen und warmen Plätze zum Rasten ausgewählt hatten, ging ein großes verwundertes Gequatscher los. Schließlich erklärte Plitsch:

„Wie kann man nur solche Fragen stellen, pfft? Wir sind froh, diesen schönen schmutzigen Ort gefunden zu haben, pfft. In dieser Gegend wohnt noch niemand von uns, deshalb ist der Strand so unangenehm sauber. Aber wir werden herkommen, verlaß dich drauf. Wir werden unsere Arbeit gründlich verrichten, pfft pfft!

Er übersetzte für die anderen, was er gesagt hatte, und alle nickten grimmig mit dem Kopf.

Wenn wir nicht Mittel und Wege finden, euch daran zu hindern, dachte Chris, erwiderte aber nichts. Es hatte keinen Zweck, diese häßlichen Gesellen gegen sich aufzubringen.

Dann begannen die Wassermänner zu speisen. Sie holten große Stücke rohen Fisch aus irgendwelchen Hauttaschen und verschlangen dazu den herumliegenden Tang. Auch Chris wurde aufgefordert zuzugreifen, doch er lehnte entschieden ab. Dabei war er bemüht, sich seinen Ekel nicht anmerken zu lassen.

Nach dieser Pause ging es wieder in die Fluten, nur daß sie diesmal ins Meer eintauchten. Das Wasser war hier sehr klar, und Chris' Begleiter fühlten sich offenbar nicht besonders wohl, denn sie hielten sich meist am Grund, wo mehr Dunkelheit herrschte. Meeresbewohner aller Formen tummelten sich um sie herum: flache, kugelartige oder sehr schlanke Fische, Schleierschwänze, Stachelköpfe, Schwertflosser, Krebse und Krabben, aber auch alle möglichen Würmer und Schlangen. Zwischen den zahlreichen Pflanzen und Schwämmen jedoch gab es Muscheln in den verschiedensten Größen. Rötliche, blaue, grüne und vor allem weiße. Nach ihnen war das Meer ja benannt.

Ein Krake saß in einer Grotte. Chris dachte schon, es sei Prim, sein Bekannter aus dem Elmenland, doch der Achtfüßer zeigte keinerlei Wiedersehensfreude, wandte sich vielmehr ab, als er die Gruppe bemerkte.

Dann kamen sie allmählich in trübere Gefilde, und die Wassermänner lebten auf. Man sah halbverweste Pflanzen, Dreck wirbelte vom Boden auf, wenn sie dicht darüberhin schwammen, Schmutzfäden hingen an Felsblöcken.

Plötzlich tauchte ein Rudel Haie auf, kam mit weit aufgerissenen Mäulern so nahe heran, daß Chris Angst bekam. Doch der größte der Kugelköpfe gab einen Zischton von sich, und die Raubfische fuhren zurück. Danach schwammen sie in einiger Entfernung nebenher, bildeten ein Geleit.

„Unsere Wachhunde, pfft“, sagte Plitsch erklärend, „gleich sind wir am Ziel.“

Unvermutet stießen sie auf eine mit schwärzlichen Pflanzen überwucherte Mauer. An einem rostigen Tor hielten zwei fünfarmige Wassermänner Wache, die viel größer waren als Chris und bei der Ankunft der Gruppe ein knurriges „Pfatsch, Platsch“ ausstießen.

Es gab ein kurzes Hin und Her, dann wurden sie eingelassen. Nun befanden sie sich in einem riesigen Hof, an dessen Ende sich ein wuchtiges Gebäude mit Türmen und Zinnen erhob. In dem trüben Wasser ringsum waren nur die Umrisse zu erkennen, aber Chris wußte gleich: das ist die Burg des Seemonsters. Ihm war ziemlich flau zumute.

Auch hier schwammen Haie herum, und ein Sägefisch ließ Chris um seine Luftblase fürchten. Der Anführer der Wassermänner scheuchte den Kaltblüter aber weg und bedeutete allen zu warten. Dann begab er sich, emsig mit seinen Flossen rudernd, zur Burg, kam allerdings gleich darauf wieder und erklärte seinen Kumpanen etwas, was Plitsch übersetzte:

„Unser Herr ist nicht da, pfft. Wir bringen dich jetzt an einen sicheren Ort, wo du warten wirst, bis er zurück ist, pfft. Erst danach wird sich dein weiteres Geschick entscheiden."

Sie schnappten den Jungen und schleppten ihn seitlich zu einer Höhle, deren Tür aus dickem dunkelgrünen Glas sich lautlos öffnete. Chris bekam einen Stoß versetzt und stolperte in einen finsteren Raum. Dann schloß sich die Tür hinter ihm.

Es war ein Verlies am Grund des Meeres, zur Verblüffung des Jungen aber nicht mit Wasser gefüllt, sondern mit Luft, als wäre es überirdisch. Zunächst konnte Chris kaum etwas erkennen, doch dann gewahrte er einen schwachen grünlichen Schimmer, der aus mehreren Ritzen in den Wänden drang und ihn an das verräterische Licht vom vorigen Abend erinnerte. Als sich seine Augen an die Dunkelheit gewöhnt hatten, nahm er seine Umgebung besser wahr. Er war glücklich, allein zu sein und sich wie ein Mensch bewegen zu können. Viel Raum blieb ihm allerdings nicht, sechs Meter im Quadrat mochte die Höhle messen, und nur nach oben hin schien sie sich weiter auszudehnen.

Zweiter Teil
Die Seekönigin

AUF DER SUCHE NACH DEM JUNGEN

Nach dem Verschwinden des Jungen hatten die Freunde noch eine Weile Trübsal geblasen, aber dann sagte Käptn Charlie entschieden:

„Genug geheult, dadurch kommt mein Neffe nicht zurück. Ich will einfach nicht glauben, daß die Wassermänner Chris ernsthaft etwas angetan haben. Aus welchem Grund denn? Eher halten sie ihn irgendwo gefangen."

„Aber warum sollen sie ihn gefangenhalten?" fragte der Tapfere Löwe.

„Was weiß ich", erwiderte Charlie. „Vielleicht um ihn über uns auszuhorchen."

„Wenn es so wäre, müßten wir weiter nach ihm suchen", sagte ernsthaft der Eiserne Holzfäller. „Die Frage ist allerdings, wo?"

„Wassermänner halten sich meistens im oder am Wasser auf", mischte sich nun der Scheuch ein. „Am besten, wir gehn jetzt wieder zu unserem Lager am Fluß und beraten dort, was wir unternehmen können."

Die Freunde waren einverstanden und kehrten zu ihrem Lagerplatz zurück. Dort beschlossen sie dann, ihre Kräfte aufzuteilen. Charlie und der Holzfäller, die sich am besten aufs Zimmern verstanden, sollten die Schaluppe reparieren, damit sie wieder einsatzfähig war. Der Scheuch und der Tapfere Löwe dagegen wollten um den Sumpf herumlaufen und nach weiteren Spuren suchen. Vielleicht gelangten sie auf diese Weise zu den Wassermännern.

Gesagt, getan. Während Charlie Pech und Harz erhitzte, um Löcher zu verschmieren, die am Schiffsrumpf entstanden waren, während der Holzfäller Bretter zurechtschnitt und Nägel bereitlegte, die zum Ausbessern gebraucht wurden, umrundeten die andern beiden den Sumpf. Der kleine Löwe, die Nase am Boden, prüfte

jeden Klumpen Erde, der Scheuch schaute sich vor allem die Büsche an. Er hoffte auf einen zweiten Stoffetzen, auf einen abgerissenen Knopf oder wenigstens auf abgebrochene Zweige. Doch die Suche blieb zunächst erfolglos. Erst als sie ein ganzes Stück oberhalb ihres Rastplatzes schon fast wieder den Fluß erreicht hatten, begann der Löwe plötzlich heftig zu schnuppern.

„Ich rieche faulen Fisch", murmelte er.

„Und hier ist ein Zweig geknickt", erwiderte der Scheuch aufgeregt.

„Da, ein Schuhabdruck. Er könnte von Chris sein. Und diese Schleifspur am Boden sieht aus, als habe man ihn fortgezerrt", sagte der Löwe.

„Wahrscheinlich sind sie hier mit ihm aus dem Sumpf gekommen", vermutete der Scheuch.

Sie suchten weiter und entdeckten in Ufernähe mehrere Abdrücke von riesigen Froschfüßen. Erneut schnupperte der Löwe.

„Kein Zweifel, das waren sie. Auch den Geruch von Chris habe ich in der Nase. Mir scheint, sie sind mit ihm mitten in den Fluß hinein."

Man sah dem Scheuch den Schrecken an.

„Du meinst, sie haben den Jungen mit ins Wasser genommen?"

Der Löwe gab keine Antwort. Was hätte er auch sagen sollen. Nach einer Weile murmelte er:

„Jedenfalls kommen wir ohne unser Schiff hier nicht weiter. Teilen wir den anderen mit, was wir entdeckt haben."

Sein Gefährte wollte ihm schon zustimmen, da sah er ein paar Bleßhühner im Schilf. Sie hatten ihre Küken dabei und ließen sich die jungen Wasserpflanzen schmecken.

Der Scheuch sprach sie an:

„Habt ihr zufällig einen Jungen in kariertem Hemd am Ufer gesehen und ein paar häßliche Wassermänner?"

Die Bleßhühner, die neben dem Scheuch den kleinen Löwen erblickten, wollten sich erst erschrocken und mißtrauisch zurückziehen, doch dann sagte eins:

„Wassermänner? Waren das die schrumpligen Kugelköpfe, die

mein Nest zerstört haben? Gehören sie zu euch? Feine Kumpane habt ihr. Doch jetzt sind sie zum Glück weg und kommen hoffentlich nie mehr zurück.“

„Sie gehören nicht zu uns, aber wir glauben, daß sie unseren Freund entführt haben.“ Der Scheuch erklärte den Bleßhühnern, was vorgefallen war.

Nun gab es ein großes Geschnatter und Gekreische, die Hühner redeten alle durcheinander. Jedes wollte plötzlich über die Wassermänner und Chris berichten, denn alle hatten sie etwas bemerkt. Was aber das Schönste war – zwei oder drei hatten beim Tauchen den Jungen unter Wasser beobachtet und waren einhellig der Meinung, daß ihm nichts passiert sei.

„Er sah nicht gerade glücklich aus, aber er atmete“, berichtete ein zierliches Bleßhuhn, das von den anderen Spitzschnabel genannt wurde.

Dem Scheuch fiel ein Stein vom Herzen, und der Löwe stieß einen Seufzer der Erleichterung aus. Sie erkundigten sich noch, in welche Richtung die Wassermänner geschwommen waren, doch darüber konnten die Bleßhühner keine Auskunft geben.

„Ich hab nicht darauf geachtet“, erklärte Spitzschnabel. „Hatte genug damit zu tun, meinen Kleinen ihre Portion Seegras zu rupfen.“

Immerhin war es eine gute Nachricht, mit der die beiden zum Schiff zurückkehrten. Dort hatten Charlie und der Holzfäller inzwischen ganze Arbeit geleistet. Die Schaluppe war wieder startklar und sah wie neu aus.

Als der Seemann den Bericht der Freunde gehört hatte, sagte er nachdenklich:

„Entweder sind die Wassermänner mit Chris zu der Stelle zurück, wo wir sie zuerst gesehen haben, oder sie haben den gleichen Weg wie wir.“

„Was denn, du meinst, sie wollen auch zur Seekönigin?“ fragte der Holzfäller erstaunt.

„Nicht gerade zur Seekönigin, wohl aber zum Muschelmeer. Zum Seemonster! Sollte mich nicht wundern, wenn die alle zusammengehören.“

Das leuchtete den anderen ein. Trotzdem, sicher konnten sie sich nicht sein. Auf jeden Fall wollten sie erst einmal los. Vielleicht trafen sie unterwegs noch jemanden, der die Wassermänner beobachtet hatte.

Käptn Charlie warf den Bootsmotor an, und mit Geschick die Gegenströmung am Rand des Flußarms nutzend, setzten sie sich in Bewegung. Sie ließen den Wasserfall hinter sich und hatten schon bald den Abzweig erreicht, auf den der Tapfere Löwe bereits am Vorabend gestoßen war.

Hier tummelte sich eine Schar buntschillernder Enten, und natürlich fragte der Scheuch sie gleich nach Chris. Doch die Vögel hatten nichts bemerkt.

„Wir könnten uns höchstens beim Haubentaucher erkundigen“, sagte schließlich ein Erpel, dessen Gefieder sich wegen seiner leuchtend grünen und blauen Farben besonders hervorhob. „Er hält sich viel länger unter Wasser auf als wir. Wenn jemand hier durchgekommen ist, dann hat er es gesehen.“

Der Haubentaucher brauchte nicht groß nachzudenken.

„Ganz richtig, so ein Junge ist heute morgen am Grund entlanggetaucht. Ich habe mich schon gewundert, wie lange er es unten aushält, die Menschen sind ja im allgemeinen kein bißchen begabt für so etwas. Aber Gestalten, wie ihr sie beschreibt, waren nicht dabei. Nur ein paar unansehnliche Plattfische.“

„Das waren sie“, knurrte der kleine Löwe. „Du willst sie fassen, aber sie entgleiten dir. Bestimmt können sie sich in Fische verwandeln.“

Der Haubentaucher wollte das nicht bestreiten. Im Zauberland war alles möglich.

„Sind sie mit dem Jungen in diesen Abzweig eingebogen?“ erkundigte sich der Scheuch.

„Wenn ich mich recht erinnere, ja.“

„Und dieser Flußarm führt zum Meer?“

„Alle Flußarme hier führen zum Muschelmeer“, bestätigte der Haubentaucher. „Dieser Abzweig stellt sogar den kürzesten Weg dorthin dar.“

„Die Sache ist klar, wir sind auf der richtigen Fährte“, sagte Käptn Charlie. „Beeilen wir uns.“

Sie bedankten sich für die Auskünfte, und Charlie schaltete den Motor auf volle Fahrt. Wie schon am Vortag zogen links und rechts Wälder, Hügel und Dörfer vorbei. Auf den Feldern arbeiteten kleine Männer und Frauen mit spitzen Hüten, an denen Glöckchen bimmelten, und auf den Wiesen weideten riesige Sechsfüßer. Die Dorfbewohner winkten zu ihnen herüber, und die Sechsfüßer wandten ihnen neugierig die Köpfe zu. Einmal sahen die Freunde ein Einhorn aus einem Gehölz hervortreten. Dieses elegante und äußerst scheue Tier, das man sonst nur aus Märchen und Legenden kennt, blickte ihnen nach, bis sie um eine Flußbiegung verschwunden waren.

„Ob Chris das Einhorn auch gesehen hat?“ fragte der Eiserne Holzfäller.

„Diese stinkenden Wassermänner werden ihm kaum erlaubt haben, aufzutauchen und sich umzuschauen“, knurrte der Tapfere Löwe.

Damit hatte er gewiß recht, und der Holzfäller schwieg bedrückt.

IM REICH DER SEEKÖNIGIN

Endlich erreichten sie das weiße Muschelmeer, und es war so schön, daß sie für Augenblicke ihre Sorgen vergaßen. Selbst Käptn Charlie, der alle großen Ozeane der Erde, die malerischsten Buchten und Lagunen kannte, war beeindruckt. Die hellen Strände, die sich weithin dehnten, das kristallklare Wasser, die leuchtend grünen oder rötlichen Pflanzen am Grund, zwischen denen sich Fischschwärme tummelten, und vor allem die vielfarbigen Muscheln ließen ihn einen Ruf der Bewunderung ausstoßen:

„Ah, so etwas gibt es also noch!"

Sie gingen vor Anker, und der Eiserne Holzfäller sagte:

„Hier gefällt es mir ausnehmend gut, aber was soll nun geschehen? Wie kommen wir zur Seekönigin?"

„Oder zu den Wassermännern", ergänzte der Löwe ungeduldig, „schließlich müssen wir Chris aus ihrer Gewalt befreien."

Charlie zuckte die Schultern.

„So sehr die Zeit auch drängt, uns bleibt nichts anderes, als hier zu warten. Wir haben ja durch Klapp ausrichten lassen, daß wir kommen, und es hat keinen Zweck, aufs Geratewohl loszufahren. Das Meer ist einfach zu groß."

„Und wenn Klapp noch gar nicht Bescheid gesagt hat?" wandte der Löwe ein, der seit seinem Mißgeschick mit dem Angler und der Entführung von Chris ziemlich pessimistisch geworden war. „Er weiß ja genausowenig wie wir, wo sich das Schloß der Königin befindet."

„Er kann doch fliegen", entgegnete der Scheuch, „er braucht nur die Delphine, Wale oder sonst ein Tier draußen im Meer zu fragen."

„Das können wir auch", beharrte der Löwe, und der Eiserne Holzfäller nickte zustimmend mit dem Kopf.

Die beiden anderen mußten zugeben, daß er recht hatte. Charlie wollte schon wieder die Anker lichten, als der Scheuch, der mit dem Fernrohr den Horizont absuchte, aufs Meer hinaus wies.

„Ich glaube, wir brauchen nicht erst aufzubrechen", sagte er dann. „Wir scheinen Besuch zu bekommen."

Die Freunde richteten die Blicke zum Himmelsrand und entdeckten mehrere dunkle Punkte, die über das Wasser sprangen. Genauer gesagt, hoben sie sich abwechselnd hoch aus der Flut und tauchten kurz darauf wieder unter. Nun setzte der Käptn das Fernglas an.

„Das sind Delphine", stellte er fest. „Du hast recht, sie halten Kurs auf uns."

„Vielleicht ist dieser Floy dabei", vermutete der Eiserne Holzfäller.

„Das werden wir bald erfahren."

Die Delphine kamen rasch näher. Mit ihren spielerischen Bewegungen, ihren eleganten und kraftvollen Sprüngen boten sie einen prächtigen Anblick. Erwartungsvoll sahen ihnen die vier entgegen.

Es handelte sich tatsächlich um Floy und ein paar seiner Kameraden. Sie waren vom Storch unterrichtet worden und hatten vor der Flußmündung auf den Weisen Scheuch gewartet, denn von ihm versprachen sie sich in allererster Linie Hilfe.

„Wir dachten, ihr kommt eher und mit einem größeren Schiff", sagte Floy etwas enttäuscht, „aber Hauptsache, ihr seid überhaupt da. Statt eures Kätzchens hatte uns Klapp allerdings einen Löwen angekündigt."

„Ich bin keineswegs ein Kätzchen", der Tapfere Löwe war gekränkt. Dann erzählten die Freunde aber, was ihnen widerfahren war, und Floy entschuldigte sich:

„Verzeihung, das konnte ich nicht wissen. Und daß die Wassermänner euch bereits so mitgespielt und diesen Jungen entführt haben, ist unglaublich. Das Seemonster scheut offenbar vor keiner Gemeinheit zurück."

„Die Wassermänner gehören also tatsächlich zum Seemonster", sagte Charlie. „Wir hatten es schon vermutet."

„Sie sind seine treuesten Diener", erwiderte Floy.

„Jedenfalls müssen wir Chris unbedingt befreien", erklärte der Eiserne Holzfäller.

Dagegen gab es nichts einzuwenden, und sie beschlossen, sich auf schnellstem Wege zur Seekönigin zu begeben. Mit Volldampf folgte die Schaluppe den Delphinen, die sofort das offene Meer ansteuerten. Draußen waren die Wellen höher, und das kleine Schiff hatte einige Mühe, sich zu behaupten. Mal tanzte es oben auf einer Woge, mal stieß es ächzend in ein schäumendes Tal hinab. Seehunde reckten neugierig die Köpfe aus dem Wasser, Möwen und Meerschwalben schossen kreischend übers Deck hinweg. Charlie, der als alter Seebär solche Fahrten gewohnt war, steckte das Schwanken und Schütteln natürlich ohne weiteres weg, der Scheuch und der Holzfäller hatten auch keine größeren Schwierigkeiten, denn der eine war ja aus Stroh, der andere aus Eisen. Dem Löwen dagegen zitterten ein bißchen die Beine. Er ließ sich aber nichts anmerken, tat, als machten ihm die paar Wellen überhaupt nichts aus.

Schließlich gelangten sie wieder in ruhigeres Wasser, und schon sahen sie eine Insel vor sich aufragen. Sie war mit Wald bewachsen und anscheinend nicht von Menschen bewohnt. Dennoch suchte Charlie sorgfältig mit seinem Fernrohr das Ufer ab. Er wollte nicht erneut eine unangenehme Überraschung erleben.

Floy kam zum Schiff geschwommen und sagte:

„Wir sind am Ziel. Von dieser Insel aus gelangt ihr zum Schloßgarten unserer Königin. Für Wesen, die nicht im Wasser leben, ist das der beste Weg. Ihr könnt in der Bucht dort vorn anlegen und erreicht über einen Pfad den Grauen Vulkan. Doch keine Angst, er ist vor langer Zeit erloschen. Wenn ihr in seinen Krater hinabsteigt, findet ihr auf der rechten Seite eine Höhle. Sie führt zu einem Bassin, und dort werden wir euch wieder abholen."

Die vier folgten seinen Anweisungen. Sie vertäuten die Schaluppe und gingen an Land. Der Weg zwischen Eukalyptusbäumen und Sträuchern mit großen orangenen Blüten war leicht zu finden. Während die anderen aber munter voranstapften, schlich der Löwe eine Zeitlang auf wackligen Beinen hinter den Freunden her. Einerseits war er froh, endlich wieder festen Boden unter den Pfoten zu haben, andererseits kam es ihm vor, als hätte er ganz allein ein Faß Wein ausgetrunken.

Der Graue Vulkan sah von außen gar nicht grau aus. Seine Hänge waren vielmehr mit frischem Moos und Flechten bewachsen, blau und grün schillernde Kolibris saugten im Gebüsch Nektar aus roten Blütenkelchen, Tukane mit übermächtigen Schnäbeln hackten nach Beeren und Früchten.

Es kostete die vier einige Mühe, zur Krateröffnung hinaufzusteigen, vor allem der Eiserne Holzfäller hatte seine Schwierigkeiten. Er hielt aber tapfer durch, schlug immer wieder seine Axt ins Erdreich oder in Baumstämme und zog sich daran den Hang hoch. Von oben hatten sie dann einen weiten Blick, konnten die ganze Insel und ringsum das Meer sehen.

Eine schmale verwitterte Steintreppe führte nach unten. Sie war wohl lange nicht mehr benutzt worden, denn die Stufen hatten Sprünge und waren von Lianen überwuchert. Auch von den Wänden des Kraters hingen armdicke Lianen herab, und als der Holzfäller versehentlich eine streifte, umschlang sie ihn plötzlich, wickelte sich mehrfach um seinen Körper.

„He, was soll das", rief der eiserne Mann mehr erstaunt als erschrocken und wollte nach seiner Axt greifen, die im Gürtel steckte. Doch das war unmöglich, die Arme waren ihm eng an den Rumpf geschnürt.

Die Liane war ein lebendes, schlangenähnliches Wesen mit zwei Köpfen, das hier auf Beute lauerte. Sie war allerdings in der Felswand verwurzelt und konnte sich nicht weit von ihrem Platz entfernen. Sie ernährte sich im allgemeinen von Mäusen, Ratten und Kletterhörnchen, die im Krater zu Hause waren, verschmähte aber auch größere Bissen nicht. Mit dem Holzfäller hatte sie sich freilich übernommen. Zwar versuchte sie ihm mit aller Gewalt den Brustkorb einzudrücken, wollte ihn auch beißen und durch ihr Gift lähmen, doch da er aus Metall war, gelang ihr beides nicht. Sie brach sich im Gegenteil einen Zahn ab.

„Laß mich los, du", sagte der Holzfäller. „Ich bin aus Eisen und ungenießbar für dich, das mußt du doch merken."

Die Liane, ein bißchen schwer von Begriff, zischte ärgerlich. Ohne loszulassen, fragte sie hinterlistig:

„Und deine Freunde, sind die auch aus Eisen?"

„Das will ich meinen. Sie sind noch härter als ich", erwiderte der Holzfäller geistesgegenwärtig.

„Wo wollt ihr hin? Was habt ihr hier zu suchen?"

„Es geht dich zwar nichts an", entgegnete der Holzfäller, „aber wir müssen zur Seekönigin. Wir wollen ihr im Kampf gegen das Monster helfen."

Die Liane ließ los und zog sich an die Kraterwand zurück.

„Wenn du das gleich gesagt hättest, wäre ich nicht über dich hergefallen“, erklärte der eine Kopf. Der zweite dagegen spuckte den abgebrochenen Giftzahn aus. Sofort wuchs ein neuer nach.

Die anderen drei hatten die Szene von etwas weiter unten beobachtet, bereit, jeden Augenblick einzugreifen.

„Ein Glück, daß sie sich ausgerechnet den Holzfäller als Opfer ausgesucht hat“, sagte Charlie leise. „Für unsereinen wäre es gefährlicher geworden.“

„Stimmt“, gab der Löwe zur Antwort, „wir hätten unsere liebe Not mit ihr gehabt. In meiner ursprünglichen Gestalt hätte sie mir allerdings nichts antun können. Im Gegenteil, ich hätte ihr beide Köpfe abgebissen.“

Der Scheuch holte das Bildchen seiner Frau hervor und strich sanft mit der Hand darüber.

„Obwohl ich der Liane kaum geschmeckt hätte, wäre die Sache auch für mich unangenehm gewesen“, sagte er. „Sie hätte mich wahrscheinlich ziemlich zerdrückt und womöglich Bettys Porträt beschädigt.“

Nach diesem Zwischenfall stiegen sie weiter abwärts und achteten dabei genauer auf ihre Umgebung. Bald darauf verloren sich aber die Gewächse an den Kraterwänden, der Schacht wurde enger, und sie erreichten den seitlichen Höhleneingang, den Floy erwähnt hatte. Sie tappten einen engen Gang entlang, kamen zur eigentlichen Höhle und blieben überrascht stehen. Im Schein der Schiffslaterne, die Charlie mitgenommen hatte, flimmerten und glitzerten vor ihnen Dutzende meterlanger Höhlensteine wie riesige Eiszapfen.

„Was für eine herrliche Grotte! Schade, daß Chris sie nicht sehen kann“, der Käptn seufzte.

„Er wird bestimmt eine Gelegenheit finden, sich das anzuschauen, wenn er wieder frei ist“, tröstete ihn der Holzfäller.

„Da vorn plätschert es, wahrscheinlich wartet Floy schon in dem Bassin, von dem er gesprochen hat“, drängte der Löwe.

Sie gingen zu der Stelle und standen an einem großen, mit dunkelgrünem Wasser gefüllten Becken. Nicht nur die Delphine warteten hier, sondern auch zwei Meerjungfrauen mit Fischschwänzen und Perlen im langen bläulichen Haar. Außerdem lag ein gläsernes Tauchboot bereit, das den Freunden genügend Platz bot. Eine der Nixen, Kira, begrüßte die Gäste herzlich im Namen der Seekönigin. Sie bat die vier, in das Boot zu steigen, damit man sie zum Unterwasserschloß bringen könne.

Der Scheuch und seine Gefährten stiegen ein. Käptn Charlie freilich konnte nicht umhin, heimlich an die Wände zu klopfen und sie so auf ihre Festigkeit hin zu prüfen. Der Eiserne Holzfäller wiederum trat ganz vorsichtig auf, auch wenn der Boden des Schiffes besonders dick zu sein schien. Die vier hatten aber nichts zu befürchten, sie merkten bald, daß es sich um unzerbrechliches Glas handelte.

Die Nixen, die im Wasser geblieben waren, legten den Delphinen ein Geschirr an und befestigten es an dem Tauchboot. Sie schlossen die Luken des Schiffes, und das schnittige Gefährt setzte sich in Bewegung.

„Sie brauchen keinen Motor, sie ziehen die Kutsche mit Delphinstärken", sagte Charlie. „So was nenne ich echt umweltfreundlich."

Zunächst war es ziemlich dunkel um sie her, sie tauchten offenbar durch einen Felsentunnel. Dann jedoch wurde es heller, und in dem durchsichtigen Grün ringsum konnten sie jede Einzelheit gut erkennen. Den sandigen Meeresgrund, die Steine, die hier und dort aufragten, die Pflanzen und Fische. Es war der Schloßgarten, den Floy erwähnt hatte – vielfarbig schillernde Korallenbäume erhoben sich links und rechts, Gewächse, wie sie selbst Charlie noch nicht gesehen hatte, gruppierten sich nach einem sorgfältig erdachten Plan. Das Tauchboot glitt zwischen hohen, in der Strömung schwankenden Seefedern dahin, die eine Allee bildeten, und die Passagiere durften bizarr anmutende Meeresbewohner bewundern: Kaiser-, Fahnen- und Peitschenfische, große Schnecken in leuchtendem Gehäuse, Seesterne, die sich langsam am Grund fortbewegten, majestätisch dahinwandernde Krabben, kleine Seeigel und riesige Muscheln.

Bald tauchte auch hinter einer hohen Hecke von Seeanemonen das Schloß auf. Es war aus blauem Glas und weißen Muscheln erbaut, hatte zwei Seitenflügel, mehrere mit Ornamenten verzierte

Eingänge und eine flache glitzernde Kuppel. Zunächst dachten die Besucher, daß seine Mauern in den Meeresboden hineinragten, doch es schwebte über dem Grund wie ein großes Schiff, war nur durch mehrere goldene Ketten verankert. Das war sehr praktisch, denn die Königin konnte sich so bei Bedarf mitsamt ihrem Haus an einen beliebig anderen Ort begeben. Im Sommer lebte sie in der Nähe der Insel, im Winter weiter südlich, wo wärmere Strömungen vorherrschten. Auf diese Weise brauchte sie auch keine besondere teure Ferienresidenz.

Der Haupteingang des Schlosses wurde von einem Sägefisch bewacht, der an die zwei Meter maß und – wohl zum Zeichen seiner Würde – eine große gelbe Perle in der rechten Kieme trug. Bei der Ankunft des Bootes salutierte er freundlich und gab den Weg frei. Die Delphine zogen das Tauchboot durch das große Tor in den Palast hinein, dessen Räume nicht mit Luft, sondern mit Wasser gefüllt waren. Das Personal: Seespinnen, Kraken und Fische unterschiedlicher Größe, näherte sich neugierig, um die ungewöhnlichen Gäste zu sehen. Die vier Freunde konnten natürlich nicht aussteigen und auch keine Luke öffnen, sie wären ja ertrunken oder, im Falle des Eisernen Holzfällers, schnell eingerostet. Gespannt warteten sie, was nun geschehen würde.

Kira und die andere Meerjungfrau waren verschwunden, die Delphine aber zogen das Boot in einen Schacht, der aufwärts führte. Plötzlich wurden sie von einem Strudel wie in einem Fahrstuhl nach oben geschleust und gelangten in ein Becken, ähnlich dem unter der Insel.

Dieser obere Teil des Schlosses, obwohl gleichfalls tief unter der Meeresoberfläche, war nicht mehr mit Wasser gefüllt; man konnte sich ganz normal bewegen. Die vier öffneten die Ausstiegsluke und erreichten über ein paar Stufen einen mit Algenteppichen ausgelegten, mit Truhen und Sesseln aus Schilfrohr bestückten Raum. Die

Decke war mit einer bunten Meereslandschaft geschmückt, und Gemälde hingen an den Wänden. Sie stellten allerdings keine stolzen Ritter oder Burgdamen dar, wie in unseren Schlössern üblich, sondern Wassergötter mit silbernem Dreizack und anmutige Nixen in Schuppen- oder Seegraskleidern.

Staunend schauten sich die Freunde um, und Charlie sagte ein ums andre Mal:

„Bei allen Riffen und Sandbänken der Ozeane, so etwas kommt einem nicht alle Tage unter!"

Lautlos öffnete sich eine Tür im Hintergrund, und auf ihrem Thron sitzend, rollte die Seekönigin herein. Sie trug blaue Perlen im silbernen Haar, ein weißes, gleichfalls mit Perlen besetztes Gewand und Schildpattschmuck an dem langen kräftigen Fischschwanz, dessen Ende bis zum Boden reichte. Wie auf ein Kommando drehten sich die vier zu ihr um. Die Seekönigin hielt vor ihnen an und sagte:

„Da bist du also, Weiser Scheuch, ich begrüße dich und deine Gefährten ganz herzlich. Wir im Muschelmeer sind alle sehr glücklich, daß du unserem Hilferuf Folge geleistet hast, denn deine Klugheit ist im ganzen Zauberland bekannt. Du hast gehört, welchen Schaden das Seemonster anrichtet und daß wir es kaum noch bändigen können. Den Zugang zu unseren Gärten konnten wir ihm bisher zwar verwehren, doch dringt es mit seinem Schmutz bereits bis zu unseren Toren vor. Damit ihr nicht noch einmal den Angriffen der Wassermänner ausgesetzt seid, mußten wir euch den Weg zum Schloß über die Insel weisen und nicht durchs offene Meer."

Der Scheuch war des Lobes wegen, das seiner Klugheit galt, ein bißchen verlegen. Er trat einen halben Schritt vor, zog seinen Hut und machte eine Verbeugung:

„Du hast demnach schon von unseren Auseinandersetzungen mit den Wassermännern gehört, verehrte Königin", erwiderte er. „Meine

Weisheit solltest du allerdings nicht zu sehr rühmen, denn ich bin kaum klüger als andere Menschen. Selbst wenn ich seinerzeit vom Großen Goodwin ein prächtiges Gehirn erhalten habe."

„Deine Bescheidenheit ist gleichfalls sprichwörtlich, lieber Scheuch", sagte die Königin. „Aber jedermann weiß auch, daß du ein dickes Buch besitzt, in dem alles Wissen der Welt gesammelt ist."

„Stimmt schon, ich lese bisweilen darin und habe mir einiges angeeignet. Außerdem habe ich kluge Freunde. Gemeinsam werden wir hoffentlich einen Weg aus eurer schwierigen Lage finden", erklärte der Scheuch. Und er fügte hinzu: „Obwohl wir auch selbst Hilfe brauchen."

„Du meinst den Jungen, der bei euch war. Auch das habe ich bereits erfahren", die Königin schaute Charlie an.

„Bei allen Orkanen und Hurrikans, das Leben von Chris gilt mir mehr als mein eigenes", brummte der Käptn.

„Wir werden ihn dem Monster entreißen, ich brauche nur meine richtige Gestalt zurück", knurrte der kleine Löwe, froh, daß er auf diese Weise sein Problem zur Sprache bringen konnte.

Nur der Eiserne Holzfäller sagte nichts. Er blickte aber so entschlossen drein und prüfte mit dem Daumen die Schneide seiner Axt, daß klar war, er würde die Freunde bestimmt nicht im Stich lassen.

Die Königin mußte lächeln.

„Ich sehe, ihr haltet zusammen", sagte sie, „und das ist viel wert. Wenn ihr uns helft, werden auch wir für euch tun, was wir nur können. Das ist Ehrensache!"

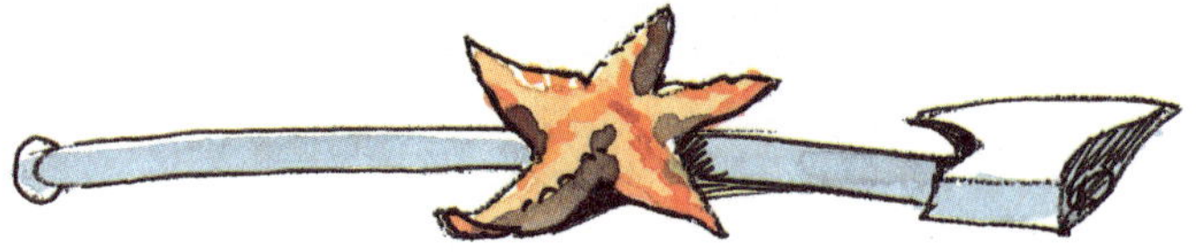

DER KAMPF MIT DEN MÖRDERALGEN

Nach dem Gespräch mit der Seekönigin wurden die vier Freunde in ein Zimmer geführt, in dem sie sich zur Nacht ausruhen konnten. Vor allem Charlie und der Löwe hatten Schlaf nötig, denn der Tag war aufregend und anstrengend gewesen. Sie taten sich auch an den bereitgestellten Speisen gütlich, an Seekuhmilch, Algenbrot, verschiedenen Meeresfrüchten und Lachseiern.

Der Scheuch und der Holzfäller dagegen erholten sich, indem sie zwei mit Seegras gepolsterte Sessel an die großen Fenster rückten und durch dicke Glasscheiben das Treiben im Muschelmeer beobachteten. Obwohl die Sonne schon untergegangen war und hier, in der Tiefe, nun erst recht Finsternis hätte herrschen müssen, konnten sie ganz gut sehen. Das lag an der Schloßbeleuchtung, die alles ringsum in einen grünen Schimmer tauchte. Er rührte von unzähligen Lichtmuscheln her, die an den Außenwänden des Palastes klebten, und von vielen im Garten patrouillierenden Leuchtfischen.

Später legten sich die beiden gleichfalls nieder. Der Scheuch dachte an seine junge Frau Betty, der er gern von all den Tieren und Fischen am Meeresgrund erzählt hätte. Der Holzfäller aber wälzte sich schwer auf seinem Bett hin und her. Er spürte noch den Druck der räuberischen Liane vom Vortag auf seiner Brust, ihre Würgearme. Oder war es der Gedanke an Chris, der ihm das Herz zusammenpreßte? Wie auch immer, gegen Morgen erhob er sich wieder und trat erneut ans Fenster. Da bemerkte er, daß draußen etwas vor sich ging.

Es war, als ob sich Truppen zu einer Übung versammelten. In Schwärmen kamen von allen Seiten Fische herbei und nahmen, je nach Größe und Beschaffenheit, in Gruppen Aufstellung. Nur daß sie keinerlei Waffen bei sich trugen. Eine Ausnahme bildeten lediglich die Schwert- und Sägefische. Sie schienen die Kommandeure zu sein. Jedenfalls war es ein Getümmel wie vor einer Schlacht, bei dem allein die Fanfaren fehlten. Der Eiserne Holzfäller erinnerte sich ungewollt an die Kämpfe, die sie einst gegen den machtgierigen Urfin und seine Holzsoldaten ausgefochten hatten, und schüttelte verwundert den Kopf. Um die Freunde nicht zu stören, tappte er, so leise er es vermochte, zur Tür. Er verließ den Raum. Er mußte sich unbedingt erkundigen, was da draußen los war.

Der obere Teil des Schlosses schien ausgestorben, nach unten zu tauchen aber war nicht seine Sache. Endlich traf er neben einem der Wasserbecken eine Riesenschildkröte, die sich gerade schwerfällig ins Untergeschoß begeben wollte.

„Was ist geschehen, warum versammeln sich die Fische vor dem Schloß?“ fragte der Holzfäller.

„Nicht nur die Fische versammeln sich“, erwiderte das große Tier, „sondern auch die Krabben, Krebse, Langusten, Robben und nicht zuletzt wir Schildkröten.“

„Du hast recht. Aber warum tut ihr das?“

„Die Mörderalgen sind wieder auf dem Vormarsch“, sagte die Schildkröte ernst. „Sie nähern sich ganz bedrohlich dem Schloßgarten.“

„Die Mörderalgen?“

„Ja. Sie heißen bei uns so, weil sie alles Leben ersticken.“

Der Holzfäller war verblüfft.

„Wieso das?“ wollte er wissen. „Algen sind doch winzig klein. Wie können sie jemanden ersticken?“

„Sie sind klein, aber unzählig viele. Sie bilden dicke Teppiche und lassen kein Licht durch. Auch nicht die Spur von Luft!“

Mit diesen Worten plumpste die Schildkröte ins Becken und verschwand rudernd in der Tiefe. Beim Schwimmen wirkte sie plötzlich sehr elegant.

Der Eiserne Holzfäller eilte ins Zimmer zu den Freunden zurück.

Die waren inzwischen gleichfalls munter geworden, sie reckten und streckten sich. Als sie erfuhren, was sich draußen abspielte, überlegten sie, wie man den Meeresbewohnern helfen könnte.

„Ein Jammer, daß ich es unter Wasser nur kurz aushalte“, sagte der kleine Löwe, „ich würde es diesen Algen schon zeigen.“

„Auf jeden Fall sollten wir die Seekönigin noch einmal um das Tauchboot bitten“, schlug Charlie vor.

Als wäre es Gedankenübertragung, erschien in diesemAugenblick eine zweite Schildkröte an der Tür. Sie war von der Herrscherin geschickt worden und fragte, ob die Gäste nicht vielleicht am Feldzug gegen die Mörderalgen teilnehmen wollten.

„Und ob wir das wollen“, erwiderte der Scheuch. „Allerdings brauchen wir das Tauchboot.“

„Es liegt schon bereit.“

Sie folgten der Schildkröte, die so eilig dahinwackelte, wie es ihre kurzen Beine erlaubten. Am Tauchboot warteten bereits Floy und ein anderer Delphin. Außerdem fanden sie vier Taucheranzüge vor.

„Damit ihr draußen beweglicher seid“, erklärte Floy.

Die vier stiegen ein, und sofort ging es ab. Zunächst gelangten sie in die unteren Geschosse des Schlosses, dann auf den Vorplatz. Hier hatte das Getümmel inzwischen nachgelassen. Die meisten Trupps von Fischen oder anderem Seegetier waren bereits aufgebrochen.

„Beim Kampf mit den Algen geht es um Minuten“, erläuterte der Delphin, den sie über Fischfunk gut verstehen konnten. „Sie vermehren sich sehr schnell, und sobald ihr Auftauchen gemeldet wird, müssen wir handeln. Leider können wir sie nur zurückdrängen und nie ganz vernichten. Das Seemonster sorgt für immer neuen Nachschub.“

Der Kampfplatz – denn anders konnte man den Ort, den sie nun erreichten, nicht nennen – lag in unmittelbarer Nähe der Schloßgärten. Ein schlammig-grüner Nebel wallte ihnen entgegen, in dem kleine tote Fische und Krustentiere trieben, erstickt vom Algenteppich. Auch bräunliche Wasserpflanzen, abgestorben und verfault, nahmen ihnen die Sicht. Das Boot drang ins Dunkel ein, und sie stießen auf Schwärme tellergroßer Fische, die eine Unmenge von Grünzeug und Algen in sich hineinschlangen.

Schwert- und Sägefische aber, Krebse und Krabben zerfetzten den grünlichen Schlamm dort, wo er am dicksten war, zerrissen und zerteilten ihn.

„Die Graskarpfen sind unsere wichtigsten Kämpfer“, sagte Floy und zeigte auf die tellerrunden Fische. „Sie vertilgen so viele Algen, daß die sich nicht weiter verbreiten können. Vorübergehend wenigstens. An unsere Gärten jedenfalls werden wir sie nicht heranlassen.“

Tatsächlich war es beeindruckend, wie wacker sich die Karpfen schlugen. Seite an Seite stürzten sie sich auf die Angreifer, bissen zu, schlangen den braunen, grauen, grünlichen Algenschleim hinunter, fraßen, was das Zeug hielt. Manchmal schien es einem von ihnen schlecht zu werden, er wich zurück, taumelte, verließ die Reihen. Aber sofort rückte ein anderer an seine Stelle, ging mit frischen Kräften ans Werk. Trotzdem wogte der lautlose Kampf, der nicht mit Gewehren und Kanonen ausgefochten wurde, hin und her, denn immer neue Mengen von Algen wurden herangeschwemmt.

„Wir werden das Tauchboot hier verankern. Wenn ihr mir weiter zur Seekönigin folgen wollt, müßt ihr jetzt aussteigen“, sagte Floy.

Die Freunde streiften die schwarzen Taucheranzüge über. Erstaun-licherweise paßten die sich ihren Körpern an, sogar der Löwe konnte seine vier Pfoten unterbringen. Lediglich den Schwanz mußte er wie eine Wurst um sich herumlegen.

In diesen Anzügen fühlten sich die vier leicht, auch der Holzfäller merkte nur wenig von seinem Gewicht. Wichtiger war ihm jedoch, daß seine Gelenke vor der Feuchtigkeit geschützt waren und nicht einrosten konnten.

„Eure Sauerstoffvorräte reichen für fünf Stunden", erklärte Floy. „Aber so lange werdet ihr bestimmt nicht bleiben wollen."

„Wenn wir euch bei der Abwehr dieser Algen behilflich sein können, bleiben wir, so lange es geht", erwiderte Käptn Charlie.

„Das besprecht mit unserer Herrscherin."

Sie wurden von dem Delphin zu einer mit Korallenbäumen bewachsenen Stelle geführt, wo das Wasser noch einigermaßen sauber war. Dort hatte die Seekönigin zusammen mit Kira und einer zweiten Meerjungfrau auf einem Felsen Platz genommen. Aufmerksam verfolgte sie das Geschehen. Von Zeit zu Zeit kamen Delphine oder Schildkröten zu ihr, um den Stand an den einzelnen Frontabschnitten zu melden. Der Lage entsprechend, konnte sie dann die Truppen neu gruppieren, Verstärkung schicken oder die Graskarpfen dort abziehen, wo sie nicht mehr gebraucht wurden.

Die Seekönigin begrüßte ihre Gäste freundlich.

„Es tut mir leid, daß wir uns gleich am ersten Tag hier draußen treffen müssen und daß ich euch nicht mehr Zeit widmen kann. Aber wir sind gezwungen, uns gegen die Angriffe der Mörderalgen sofort zur Wehr zu setzen. Sie verseuchen immer größere Gebiete und überwuchern schon das halbe Meer."

„Sind sie denn wirklich so gefährlich?" fragte der kleine Löwe. „Die Karpfen scheinen doch gut mit ihnen fertig zu werden."

„Leider nur auf kurze Zeit. Das Monster versorgt sie stets mit neuer Nahrung, und es gelingt uns einfach nicht, sie ganz auszurotten."

„Statt die Algen zu bekämpfen, müßte man das Monster selbst angreifen", sagte Charlie hitzig. „Es dorthin zurückjagen, wo es hergekommen ist."

„Wenn das so einfach wäre!" Die Königin schüttelte den Kopf. „Das Monster mit seinen widerlichen Wassermännern und seiner Leibgarde von Haien ist außerordentlich stark. Wir hätten es in seine Schranken weisen müssen, als es noch nicht so mächtig war. Jetzt ist guter Rat teuer."

„Wo hält sich das Monster auf?" fragte der Scheuch. „Vielleicht finden wir eine Möglichkeit, es zu vertreiben."

„Deshalb sind wir ja hergekommen", ergänzte der Löwe. „Ich werde es im Genick packen und ein bißchen schütteln." Er hatte vergessen, daß er nur noch die Größe einer Katze hatte.

„Wir müssen ohnehin Chris befreien", Charlie war ungeduldig und voller Sorge.

Der Eiserne Holzfäller sagte nichts, zog aber die Axt aus seinem Gürtel, die inzwischen etwas rostig, dessenungeachtet jedoch scharf war.

„Also gut", stimmte die Seekönigin zu. „Floy wird euch die Festung des Monsters zeigen. Zwar gefällt es mir nicht, daß ihr euch in Gefahr begebt, doch ich sehe ein, es geht nicht anders. Seid aber vorsichtig und denkt daran, daß ihr nur ein paar Stunden Zeit habt. Danach müßt ihr unbedingt eure Sauerstoffvorräte auffrischen, wenn ihr nicht an Luftmangel sterben wollt."

DIE MURÄNE

Die Seekönigin winkte dem Delphin und bat ihn, die Gäste zu führen. Floy war einverstanden, und sie schwammen sofort los. Unterwegs erklärte er den Freunden, daß es unmöglich sei, von vorn an die Burg heranzukommen.

„Die Wassermänner würden uns abfangen", sagte er, „und auch die Haie würden uns entdecken. Wir müssen einen anderen Weg wählen."

„Wir schleichen uns von hinten an und gegen den Wind", sagte der kleine Löwe.

„Was heißt gegen den Wind", wandte der Käptn ein. „Du vergißt, daß wir unter Wasser sind."

Der kleine Löwe schwieg ein wenig beschämt.

An einem Seezedernbusch machten sie halt. Seine Zweige waren zum Teil abgestorben, wogten aber in der Strömung gespenstisch hin und her.

„Ab jetzt keinen Laut mehr", raunte Floy. „Wir pirschen uns durch den Toten Wald seitlich an die Burgmauer heran. Ich kenne die Gegend von früher, als das Meer hier noch lebte, und weiß einen Pfad, der kaum überwacht wird. Aber Achtung, man kann nicht weit sehen."

Tatsächlich wurde das Wasser trübe, und sie tauchten in einen Wald von abgestorbenen Korallengewächsen ein, zwischen denen Flatschen von Schlamm und Schmutz, aber auch totes Seegetier trieb. Floy schwamm voran, er wand sich zwischen Geröll und Steinbrocken hindurch, die am Boden lagen, und die Freunde mußten aufpassen, daß sie ihn nicht aus den Augen verloren. Sie hatten auch Mühe, untereinander Verbindung zu halten. Einmal blieb der Scheuch an einem Ast hängen, und bevor er sich losgemacht hatte, waren die anderen vom Dunkel verschluckt. Dann wieder stieß sich der Holzfäller an einem Stein, wollte nachschauen, was ihn behinderte, und schon war sein Vordermann weg.

An einer Grotte wartete Floy auf sie.

„Ab hier patrouillieren die Haie", flüsterte er, „doch zum Glück können sie in diesem Wasser genausowenig erkennen wie wir. Und die Wassermänner sind meist unterwegs. Ich schwimme jetzt zum nächsten Felsen, dessen Umrisse ihr da vorn seht. Wenn die Luft rein ist, pfeife ich, und ihr kommt nach."

Gleich darauf war der Delphin verschwunden, und die vier warteten am Eingang der Grotte auf sein Zeichen. Der kleine Löwe aber war neugierig und wollte einen Blick in die Höhle werfen. Vielleicht fand sich dort ja überraschend eine Spur von Chris. Er streckte die Tatzen vor, die in den Ärmeln des Taucheranzugs steckten, und tastete sich ein Stück an den glitschigen Wänden nach innen.

In diesem Augenblick schoß aus der Tiefe der Höhle ein meterlanger aalähnlicher Körper nach vorn. Ein Maul mit scharfen Zähnen öffnete sich, und um den Löwen wäre es geschehen gewesen, hätte er nicht gleichfalls blitzschnell reagiert. Er war ja eine Katze und konnte im Dunkeln sehen. Deshalb hatte er die Bewegung des fremden Tieres schon im Ansatz wahrgenommen und wich sofort nach oben aus. Denn nur nach oben war in der Grotte etwas Platz.

Ganz jedoch kam er nicht davon. Der große Fisch – es war eine Muräne, ein gefährlicher Räuber – schoß unter ihm durch und riß ihm am Hinterteil den Anzug auf. Dabei brachte er ihm eine tiefe Wunde bei. Der Löwe schrie vor Schmerz und schlug wütend mit der Tatze zurück. Er patschte aber nur ins Wasser.

Die Muräne war verblüfft, weil sie ihr Opfer verfehlt hatte. Sie wandte sich wieder um und wollte sich erneut auf die Beute stürzen. Doch plötzlich leuchteten ihr von oben zwei grüne Augen entgegen. So etwas hatte sie bei den Fischen, die sie für gewöhnlich fing, noch

nie gesehen. Außerdem bildete sich unvermutet am Eingang der Höhle ein Wasserwirbel. Käptn Charlie, der Scheuch und der Holzfäller hatten gemerkt, daß der Löwe verschwunden war, und wollten nach ihm sehen.

Verwirrt verharrte die Muräne, sie fühlte sich in die Zange genommen. Sie starrte in die grünen Augen über sich, sie entdeckte am Eingang der Grotte die Umrisse von ein paar fremden, ungewohnt aussehenden Gestalten und bekam es mit der Angst. Unsicher zog sie sich in einen Spalt zurück, der ihr als Hinterhalt und Schutz diente.

„Wo bleibst du denn, Löwe?“ fragte ungeduldig Käptn Charlie. „Floy hat schon sein Zeichen gegeben. Wir müssen weiter.“

„Ich bin hier oben“, erwiderte der kleine Löwe kläglich.

„Und was machst du dort?“

„Ich wollte sehen, ob ich in dieser Höhle eine Spur von Chris entdecke. Dabei hat mich ein raubgieriger und hinterhältiger Fisch überfallen.“

„Hat er dich gebissen?“ erkundigte sich der Scheuch besorgt.

„Er hat mich verwundet und meinen Taucheranzug zerrissen“, sagte der Löwe. Wachsam die Stelle im Auge behaltend, wo die Muräne steckte, ließ er sich nach unten gleiten.

„Ich bin nicht hinterhältig“, mischte sich plötzlich die Muräne ein, die das Gespräch verfolgt hatte. „Das ist meine Art, Beute zu machen.“

„Aber ich bin ein Löwe, ich bin keine Beute für dich.“

„Ich weiß nicht, was das heißen soll, ein Löwe. Jedenfalls habe ich schon Größere gefressen als dich.“

„Das hat man nun davon, wenn man ständig als Kleinausgabe herumlaufen muß. Stets wird man in seiner Bedeutung verkannt.“

„Schwatz jetzt nicht, komm da raus“, drängte Charlie. „Floy wird bestimmt schon unruhig.“

Doch der Delphin tauchte bereits selber auf.

„Was ist passiert? Habt ihr meinen Pfiff nicht gehört?“

Die Freunde erklärten ihm, was geschehen war, die Muräne aber, die allein in der Grotte lebte, hatte auf einmal Lust, sich zu unterhalten. Sie wollte wissen, woher die Fremden kämen, und was sie hier unten suchten.

„Wir wohnen in der Smaragdenstadt und wollen der Seekönigin helfen, das Seemonster zu vertreiben“, berichtete geduldig der Scheuch.

Die Muräne hatte noch nichts von der Smaragdenstadt gehört, dafür das Monster aber schon mehrmals gesehen. Sie kannte auch einige der Wassermänner.

„Kannst du uns sagen, wie wir unbemerkt an das Monster herankommen?“ fragte der Scheuch.

„Ich habe keine Ahnung, doch wenn ich es wüßte, würde ich's nicht verraten.“

„Und warum nicht?“

„Ich bin neutral“, erwiderte die Muräne.

Der Scheuch war empört.

„Wieso kannst du neutral sein, wenn das Monster alles Leben im Muschelmeer zerstört? Siehst du nicht die Algen, den Dreck und den Schlamm, der das Wasser trübe macht?“

„Ich habe nichts gegen Schlamm“, entgegnete die Muräne. „Im trüben Wasser kann ich die Beute besser überraschen.“

„Falls es in Kürze hier noch eine Beute gibt“, sagte Floy. „Aber das begreifst du vielleicht erst, wenn es zu spät ist.“

EIN TORWÄCHTER WIRD ÜBERLISTET

Nach diesem Zwischenfall mußten sie überlegen, wie es weitergehen sollte. Dem kleinen Löwen tat vom Biß der Muräne ziemlich der Hintern weh. Wenn der Riß im Anzug größer wurde, konnte Wasser eindringen und die Sache für ihn gefährlich werden.

Sie beschlossen, daß Floy mit ihm zum Tauchboot zurückkehren sollte, während sich die andern drei noch etwas in der Nähe der Monsterburg umsehen wollten. Der Löwe protestierte zwar, begriff dann aber, daß er die Freunde sonst nur in Schwierigkeiten bringen würde. Viel Zeit hatten sie ohnehin nicht mehr.

So trennte man sich. Floy erklärte den dreien noch, wie man nahe an die Burg herankommen konnte, ohne entdeckt zu werden, und schwamm dann mit dem Löwen davon. In zwei Stunden wollte er sie vor der Grotte wieder abholen.

Zunächst mußten sie zu dem Felsen, den der Delphin bereits vorhin angesteuert hatte. Das Gelände dort war unübersichtlich, Wracks von gesunkenen Schiffen lagen herum, dazwischen wallten Schlammwolken. Haie schienen jedoch keine da zu sein.

„Schwimmen wir zu der Fregatte, die da drüben halb zerstört aus dem Sand ragt“, sagte der Käptn. „Ich glaube, dahinter liegt die Burg.“

Am Heck des alten Schiffes angekommen, sah man tatsächlich die Außenmauern der Festung aufragen, die wahrscheinlich so hoch waren, daß sie über die Meeresoberfläche hinausreichten. Sonst hätte ja auch jeder von oben in den Burghof eindringen können. Ganz in ihrer Nähe befand sich ein weit offenstehendes Tor, anscheinend ein Seiteneingang, der von einer schwabbligen Gestalt mit Harpune bewacht wurde.

„Ein Wassermann“, flüsterte Charlie, „er sieht genauso eklig aus wie die vom Fluß.“

„Er scheint auf jemanden zu warten“, vermutete der Scheuch, „weshalb hätte er sonst das Tor geöffnet?“

„Vielleicht steht es immer offen“, wandte der Eiserne Holzfäller ein.

„Das glaube ich nicht. Es handelt sich doch nicht um den Haupteingang“, erwiderte der Scheuch.

Der Käptn überlegte.

„Und wenn wir die Situation ausnutzen?“ sagte er. „Einer lenkt diesen Kerl ab, die andern schlüpfen durchs Tor.“

„Kein schlechter Gedanke“, stimmte der Scheuch zu. „Aber wer soll ihn ablenken?“

„Würdest du das auf dich nehmen, Holzfäller?“ fragte Charlie. „Du bist gegen seine Harpune und notfalls gegen die Zähne der Haie immun. Danach müßtest du allerdings draußen warten, falls etwas Unvorhergesehenes passiert.“

Der Holzfäller wäre lieber mit in die Burg eingedrungen, doch er sah ein, daß der Käptn recht hatte.

„Also gut“, erklärte er, „aber seid da drinnen auf der Hut. Wie soll ich's machen?“

„Am besten nimmst du einen Stein und läßt ihn von oben auf den Wassermann fallen“, sagte der Scheuch. „Doch versteck dich gut, damit sie nicht auch noch dich gefangennehmen.“

„Mich kriegen sie schon nicht“, erklärte der Holzfäller.

„Warte aber noch einen Augenblick“, fügte der Käptn hinzu. „Wir werden uns so nahe wie möglich ans Tor heranpirschen.“

Charlie und der Scheuch nutzten die Deckung einiger am Grund liegender Wrackteile und duckten sich schließlich hinter eine Schiffsschraube, die aus dem Boden ragte. Der Wassermann, der in die entgegengesetzte Richtung blickte, bemerkte die beiden nicht.

Inzwischen hatte der Eiserne Holzfäller zwei größere Steine aufgehoben. Er hatte Mühe, damit hochzutauchen, doch mit Hilfe heftiger Schwimmbewegungen schaffte er es. Obwohl er einen ziemlichen Wirbel machte, wurde der Wächter auch diesmal nicht aufmerksam. Er sah wohl keinen Grund, besonders aufzupassen.

Der Holzfäller paddelte zur Mauer und machte genau über dem Tor halt. Das Wasser war so trübe, daß er den wabbligen Kerl zwei Meter weiter unten nur undeutlich erkennen konnte. Ohne zu zögern, ließ er den ersten Stein fallen. Durch das Wasser leicht abgebremst, trudelte der Granitbrocken hinab, genau auf den Kopf des Wächters.

Der Wassermann taumelte, faßte sich mit beiden Froschhänden an den Schädel und stieß einen Fluch aus, der wie plitsch, verflitsch, schitsch verplatsch klang. Als er etwas zu sich gekommen war, schaute er nach oben, konnte den Holzfäller aber nicht entdecken, denn der war schnell zur Seite geschwommen.

„Plitsch, verflatsch, flutsch", murmelte der Wächter und hob mit der einen Hand seine Harpune auf, die er im ersten Schreck hatte fallenlassen. Mit der anderen hielt er sich weiterhin den Kopf. Vom Tor jedoch entfernte er sich nicht.

Der Eiserne Holzfäller paddelte an die alte Stelle zurück und ließ den zweiten Stein fallen. Der war noch etwas größer und schwerer als der erste. Diesmal wurde der Wächter am Fuß getroffen. Genauer gesagt, plumpste ihm der Stein so wuchtig auf die Zehen, daß der Wassermann mit einem „Plitsch, verflitsch, iih, auowei" zehn Meter in die Höhe fuhr und beinahe mit dem Holzfäller zusammengestoßen wäre. Ganz knapp sauste er an dem Eisenmann vorbei, sah aber – vor Schmerz völlig betäubt – nur einen Schatten. Als er wieder zu sich kam und zu suchen begann, war der Holzfäller längst wieder in seinem Versteck.

Charlie und der Scheuch waren inzwischen durchs offene Tor geschlüpft. Im Grunde hätte der Holzfäller ihnen sogar folgen können, doch er hielt sich immer an einmal getroffene Abmachungen, und das hieß in diesem Fall, draußen auf die Freunde zu warten.

Da der Wächter niemand Verdächtigen finden konnte, kehrte er murrend zum Tor zurück. Eine Weile harrte der Holzfäller aus, ohne daß etwas geschah, dann war auf einmal ein dumpfes Geräusch zu hören, ein gewaltiges Gurgeln und Glucksen. Kleine Wirbel bildeten sich ringsum und mündeten in einen Strudel, der waagerecht am Meeresboden entlanglief.

Der Holzfäller verstand zunächst nicht, was da vor sich ging. Er mußte sich an der alten Schiffsschraube festhalten, um nicht vom Sog mitgezogen zu werden. Doch dann begriff er plötzlich, worauf der Wächter gewartet hatte. Mit einemmal waren die Haie da, schossen, ein Dreieck bildend, auf das Tor zu. Obgleich sie seinem stählernen Leib kaum etwas anhaben konnten, erschrak der Eisenmann ein bißchen. Die halboffenen Rachen mit den Reihen spitzer Zähne sahen wirklich furchterregend aus.

Hinter den Haien schwammen ein paar Wassermänner, etwas größer als jene, mit denen es die Freunde bereits zu tun gehabt hatten, danach aber kam etwas, das einer riesigen, drohenden Wolke glich. Der Holzfäller brauchte einige Sekunden, um zu begreifen, daß es sich um das Seemonster selbst handelte. Graugrün schimmernd, mit großen Krötenaugen, einem verkniffenen breiten Maul, einem schleimig schwabbelnden Körper, aus dem zahlreiche scharfe Krebsscheren und Krabbenarme spießten, saß es in einer Art Korb. Der war aus dicken Wasserpflanzen geflochten, triefte vor Schmutz und stellte offenbar eine Kutsche dar, gezogen von acht metergroßen schwarzen Fischen mit starkem Gebiß und grimmiger Miene. Wäre Käptn Charlie hier gewesen, hätte der Holzfäller erfahren, daß es sich um gefürchtete Raubfische, die sogenannten Seewölfe handelte.

Der Wächter, noch mit schmerzverzerrtem Gesicht, nahm Habachtstellung an, und der Pulk war im Nu im Innenhof verschwunden.

DIE ENKELIN DES ZAUBERERS GOODWIN

Inzwischen befanden sich Charlie und der Scheuch in einem kleinen Garten, der sich direkt an die Mauer anschloß. Falls man dieses öde Stück Meeresboden mit den abgestorbenen Pflanzen und den schimmligen Algenteppichen einen Garten nennen konnte. Hier hielt sich weder Fisch noch Krabbe auf, und es war auch kein Wassermann zu sehen. Dennoch verhielten sich die beiden vorsichtig und verbargen sich zunächst hinter einem Seegrasgewirr, um die Lage zu sondieren.

Natürlich interessierten sie sich vor allem für die Burg selbst, die jetzt direkt vor ihnen lag. Dort mußte das Monster sitzen, und dort vermuteten sie auch Chris. Aber wie sollte man hineinkommen – Fenster und Türen waren nirgends zu entdecken.

Der Scheuch überlegte so heftig, daß die Nadelköpfe aus seinem Gehirn hervortraten. Schließlich sagte er:

„Es muß doch einen Lieferanteneingang geben. Bestimmt leben in diesem Gebäude viele Wassermänner, Krokodile und was sonst noch, die alle fressen wollen. Von dem Monster selbst gar nicht zu reden.“

„Du hast recht, und da scheint er auch zu sein“, erwiderte der Käptn. „Ein sonderbarer Eingang zwar, aber denen hier durchaus zuzutrauen.“ Er deutete auf ein großes Schlammloch im Boden. Einige riesige Molche schleppten gerade einen Packen Unrat hinein.

„Das ist kein Eingang, sondern eine Abfallgrube“, sagte der Scheuch.

„Ich weiß nicht. Vielleicht ernährt sich das Monster von diesem Dreck.“

„Meinst du wirklich?“ Der Scheuch schüttelte ungläubig den Kopf. Ihm blieb allerdings nicht viel Zeit, sich zu wundern, denn mitten in ihre leise geführte Unterhaltung hinein platzte der Trupp mit den Haien und Wassermännern. Ein dumpfes Geräusch, eine jähe Welle am Meeresgrund, und sie schossen zum Seitentor herein. Genau auf das Schlammloch zu, das der Käptn im Blick hatte.

Der Sog, der entstand, war zwar durch die Mauer abgebremst, aber immer noch kräftig, und im Gegensatz zum Eisernen Holzfäller draußen konnten sich die beiden hier nirgendwo festklammern. Käptn Charlie, Füße und Hände in den Sand gestemmt, behauptete sich ja noch einigermaßen, der Scheuch jedoch wurde unvermutet aus seinem Versteck herausgerissen und durchs Wasser gewirbelt. Er drehte sich mehrmals um die eigene Achse und wußte nicht mehr, was unten oder oben war. Bevor er sich's versah, landete er zwischen den Haifischen im Schlammloch. Vor lauter Dreck und Gestank wurde er fast ohnmächtig.

Es geschah so plötzlich, daß Käptn Charlie nur zuschauen konnte. Zunächst nahm er sogar bloß wirbelnden Schlamm wahr, und erst in letzter Minute sah er, daß der Scheuch in dieses Loch geweht wurde. Dann erblickte er unvermutet das Monster. Auf seiner von den Seewölfen gezogenen Kutsche flog, schoß, rutschte es durchs Tor und an ihm vorbei. Für einen Moment sah er ein breites breiiges Maul ohne Zähne, eine platte Nase, zwei kalte Augen, die ihn vielleicht für einen Krebs hielten und nicht beachteten.

Wie gut, dachte Charlie. Es ist besser, mit allen Piraten der Weltmeere Bekanntschaft zu schließen als mit diesem Vieh!

In Sekundenschnelle war alles vorbei, waren die Haie, die Wassermänner, das Monster im Schlammloch verschwunden. Nur leider – auch sein Freund, der Scheuch, war weg. Da bleibt mir nichts anderes übrig, als ihm zu folgen, sagte sich der Käptn. Pfui Teufel, in welche Müllhaufen muß ich bloß meine Nase stecken. Hoffentlich ist's in der Burg nicht gar so eklig.

Er schwamm zu dem Loch und tauchte hinab. Ein Tunnel erwartete ihn, morastig und voller fauliger Gerüche, aber nicht ganz so dunkel, wie er gedacht hatte. Einige grüne Leuchten, Steine oder

Muscheln, zeigten den Weg an. Doch schon war der Durchgang wieder zu Ende. Ein mächtiges, mit Wasser gefülltes Gewölbe tat sich auf. Nach rechts und links gingen Gänge ab.

Charlie befand sich im Untergeschoß der Festung, wo die Haie zu Hause waren. Kaum hatte er sich in das Gewölbe gewagt, schossen sie auf ihn zu. Der Käptn rettete sich in den nächstbesten Gang, der steil nach oben führte. Um die Raubfische zu verwirren, schlug er mit seinen flossenbewehrten Füßen einen wilden Wirbel.

Tatsächlich brachte das die Haie durcheinander, sie waren anscheinend nicht besonders schlau. In dem engen Gang behinderten sie sich auch gegenseitig. Einer erwischte trotzdem seine linke Taucherflosse und biß ein Stück ab. Das Gummizeug schien ihm aber nicht zu schmecken.

Der Gang endete in einer zweiten Höhle, doch die war nur zum Teil mit Wasser gefüllt. Charlie schwenkte jäh zur Seite ab, so daß die Haie an ihm vorbeisausten. Bevor sie umgekehrt waren, hatte sich der Käptn an einem Felsvorsprung nach oben auf festen Grund gerettet.

„Das war knapp“, sagte er zu sich selbst, „bei allen breitmäuligen Seemonstern dieser Zauberwelt, das war sehr knapp!“

Im Wasser kreisten die Haifische und rissen ihre Rachen auf. Doch sie konnten Charlie nichts mehr anhaben. Andererseits sah es freilich so aus, als wäre er ihr Gefangener.

Der Käptn nahm den Taucherhelm ab und schaute sich aufmerksam um. In das schmutzige Wasser zu seinen Füßen konnte und wollte er nicht zurück, fünf Meter hinter ihm aber wölbte sich eine glitschige Felswand. Diese Wand schloß ihn ein. Nach rechts hatte er keine zwei Schritte Raum, nach links war zwar etwas mehr Platz, doch einen Ausgang konnte er genausowenig entdecken.

Wenn mich nicht alles täuscht, sitze ich wieder mal in der Falle, dachte Charlie. Nur daß es diesmal reichlich ungemütlich ist. Ungemütlicher jedenfalls als auf dem Atoll damals, auf dem ich nach meiner Rückkehr von jenem fremden Stern, der Irena, gelandet bin.

Immerhin, er konnte atmen, ohne seine Sauerstoffreserven weiter aufbrauchen zu müssen. Den Helm auf den Knien, hockte er sich hin und überlegte. Vielleicht kommt mal jemand in diese Höhle, mit dem sich verhandeln läßt, dachte er. Und wenn es einer von diesen widerlichen Wassermännern ist! Ich werde ihn zu überzeugen versuchen, daß ich ganz harmlos und nur durch Zufall in diesen Dreckpalast geraten bin.

Doch es kam kein Wassermann vorbei, um mit Charlie zu reden. Stattdessen sagte unvermutet eine Stimme über ihm:

„He, du! Haben sie dich auch in diesen Unterwasserberg gesperrt? Wer bist du?“

Der Käptn hob verblüfft den Kopf. Anderthalb Meter höher saß auf einem kleinen Plateau ein Mädchen, baumelte mit den Beinen und schaute zu ihm herab.

„Ich bin ... ein Seemann, den es in dieses Meer verschlagen hat“, erwiderte er. „Und du? Wie kommst du auf dieses Plateau?“ Dabei machte er ein so entgeistertes Gesicht, daß die Kleine, die zehn, elf Jahre alt sein mochte, lachen mußte.

„Ich bin Jessica, Goodwins Enkelin. Hier führt ein Gang ins Berginnere. Aber das kannst du von dort aus nicht sehen.“

Der Name Goodwin erinnerte Charlie an etwas, wenn er auch nicht gleich wußte, woran genau. Und daß die Kleine von einem Gang gesprochen hatte, ließ ihn aufhorchen.

„Ein Gang ins Berginnere? Was heißt das?“

„Erwarte bloß nicht, daß er in die Freiheit führt“, wehrte das Mädchen ab. Da wäre ich längst weg.“

„Immerhin scheinst du dich ein bißchen mehr bewegen zu können als ich“, seufzte Charlie.

„Das mag sein. Hier gibt es allerhand Tunnel und Höhlen. Wenn du hochkommst, zeig ich sie dir.“

Das brauchte sie dem Käptn nicht zweimal zu sagen. Er zog seine Taucherkluft aus, nahm sie als Bündel auf den Rücken und kletterte nach oben. Da die Wand allerlei Vorsprünge hatte, machte das keine große Mühe.

Es wurde klar, daß Jessica sich bestens auskannte. Sie lebte schon

drei Wochen im Unterwasserberg, wie sie ihn nannte. Nur einen Weg ins Freie hatte sie nicht gefunden.

„Entweder gibt's hier Wasser oder Steine", erklärte sie.

„Wie, um Himmels willen, bist du hierher geraten?" fragte der Käptn.

„Das ist eine lange Geschichte. Ich wohne in Colorado und habe einen Großvater, der im Zauberland gelebt hat. Das heißt, anfangs habe ich ja seine Berichte von der Smaragdenstadt, den sprechenden Tieren und kleinen wunderlichen Menschen, von den guten und bösen Hexen nicht geglaubt. Erst als er mir ein paar winzige grüne Edelsteine zeigte und Fetzen vom Ballon, mit dem er über die Weltumspannenden Berge geflogen ist, wurde ich neugierig. Na ja, Opa Goodwin hat behauptet, es sei unmöglich, in dieses Land zu gelangen, die Berge wären unüberwindlich. Aber ich bin nun mal so. Wenn ich mir erst einmal etwas in den Kopf gesetzt habe, bleib ich auch dran. Ich dachte, ich muß es über den Grand River versuchen, der bei uns in der Nähe vorbeifließt. Da habe ich Proviant eingepackt, mein Schlauchboot genommen und ..."

Charlie glaubte nicht recht zu hören. Plötzlich wußte er wieder, woher er den Namen Goodwin kannte. Das war doch dieser geniale Schwindler gewesen, von dem ihm seine Nichte Elli, die Mutter von Chris, erzählt hatte. Der Mann hatte sich in der Smaragdenstadt für einen großen Zauberer ausgegeben und war später mit dem Ballon nach Hause zurückgekehrt.

„Ich denke, Goodwin wohnt in Kansas", fiel er Jessica ins Wort.

„Du kennst meinen Opa?" fragte sie erstaunt.

„Ich habe ihn nie kennengelernt, aber meine Nichte Elli hat mir mehr als einmal von den Abenteuern mit ihm erzählt."

Nun war es an dem Mädchen, verblüfft zu sein:

„Elli, die Fee des Tötenden Häuschens?"

„Genau die", sagte Charlie. „Mit ihrem Sohn Chris, dem Weisen

Scheuch, dem Eisernen Holzfäller und dem Tapferen Löwen bin ich ja hier, um der Seekönigin zu helfen. Aber erzähle weiter, ich habe dich unterbrochen."

Es war nicht klar, ob Jessica ihm oder er Jessica mehr zu berichten hatte. Sie erzählten sich abwechselnd und gegenseitig ihre Geschichte. Der Käptn erfuhr, daß Goodwin mit dem Zirkus von Kansas nach Colorado gezogen, sich dort niedergelassen und geheiratet hatte. Jessica war die Tochter von Goodwins Sohn Wingood.

Das Mädchen wiederum nahm mit Staunen die weiteren Erlebnisse Ellis und der anderen zur Kenntnis.

„Also ist doch alles wahr", murmelte sie immer wieder.

„Natürlich. Es gibt unglaubliche Dinge zwischen Himmel und Erde. Aber du hattest das Schlauchboot genommen", erinnerte Charlie sie.

„Ja, und damit paddelte ich auf dem Fluß durch die Berge. Doch mit einemmal wurde das Wasser von all den Fabriken und Camps ganz schmutzig, und ich bin mit ein paar Kerlen aneinandergeraten, die einfach eine Fuhre Ölschlamm wegkippten."

„Und weiter?"

„Sie wurden wütend und haben mich ins Wasser gestoßen. Da waren Strudel, ich glaubte, ich müßte ertrinken. Dann kamen plötzlich diese scheußlichen Wassermänner."

„Sie sind überall", sagte Charlie, „wahrscheinlich warst du schon im Zauberland."

„Zumindest in der Nähe", stimmte das Mädchen zu.

„Aber weshalb haben sie dich gerettet?" wollte der Käptn wissen. „Sie scheinen mir nicht gerade hilfsbereit."

„Um mich gefangenzunehmen und auszuhorchen", erwiderte Jessica. „Sie fragen mich dauernd über unsere Flüsse und Wälder aus. Ich glaube, sie wollen ihre Herrschaft überallhin ausdehnen. Auch zu uns."

AUGE IN AUGE MIT DEM MONSTER

Jessica und der Käptn hockten auf dem Plateau, sie redeten und redeten, doch wie war es inzwischen dem Scheuch ergangen? Der Sog hatte ihn ja mitten unter die Haifische gewirbelt. Die rissen auch sofort die Mäuler auf, klappten sie dann aber wieder zu, ohne zuzubeißen. Dieses Kerlchen war ja aus Stroh und Holz, roch kein bißchen nach Fleisch.

Die Wassermänner sind nicht so dumm, dachte der Scheuch, sie werden mich bestimmt gefangennehmen. Ich muß bei den Haien bleiben.

Er schwamm also im Pulk der Haie mit, bis sie in dem Unterwassergewölbe waren. Dort verteilten sich die Raubfische, und der Scheuch verdrückte sich in eine Nische. Die Wassermänner und das Monster bemerkten ihn nicht. Sie verschwanden in einem großen schmutzigen Tunnel am anderen Ende der Höhle.

Der Scheuch brauchte nicht lange zu überlegen, er folgte einfach der Kutsche mit dem Monster. Es ging steil aufwärts, und dann waren sie im Obergeschoß der Burg. Mehrere große, mit Schlammwasser gefüllte Räume taten sich auf, sie waren ganz kahl und kaum erleuchtet. In einem sah der Scheuch einige Krokodile, in einem anderen die grimmigen Seewölfe. Sie waren aus dem Geschirr genommen worden und ruhten im Schlamm neben der Kutsche. Der Scheuch machte, daß er weiterkam.

Von vorn schimmerte es grünlich. Unbehelligt paddelte der Scheuch weiter und erreichte ein letztes gewaltiges Gewölbe. Auch hier breitete sich schlammiges Wasser aus, doch zwei, drei Inseln ragten aus der trüben Flut. Der Scheuch kroch erschöpft ins Trockene und nahm den Taucherhelm ab. Doch vor Schreck wäre er fast wieder zurück in das braune Naß gerutscht.

Nur wenige Meter entfernt hockte, ihm halb mit dem Rücken

zugewandt, auf einer zweiten Erhebung das Seemonster. Es war aufgeblasen wie eine riesige Kröte und so mächtig, daß es beinahe bis zur Decke des Gewölbes ragte. Breit und breiig thronte es inmitten von Abfallhaufen, wie sie vorhin von den Molchen in das Loch geschleppt worden waren, und stopfte sich den Dreck mit vollen Händen ins Maul. Es malmte und schmatzte laut. Einen großen Teil des Schmutzes würgte es allerdings nach ein paar Minuten wieder als grünen Algenbrei heraus und spuckte ihn einfach ins Wasser.

Der Scheuch war wie gelähmt. Daher kommt also der Nachschub für die Algen, die der Seekönigin so zu schaffen machen, dachte er. Was für ein Wanst, und was für ein Maul! Was soll einer wie ich gegen dieses Ungetüm ausrichten?

Als hätte das Monster ihn an seinen Gedanken erraten, wälzte es sich in diesem Moment herum. Ein Blick traf ihn, glitschig wie ein Stück Schmierseife. Auge in Auge sahen sich die beiden an. Gleich darauf schoß eine Scherenhand vor, packte ihn und zog ihn auf die andere Insel.

„Plutsch, plubb, verquabb, wer bist du, und wie kommst du hierher?“ fragte das Monster mit einer Stimme, die ihm einen Schauer über den Rücken jagte. „Ich habe dich noch nie in meiner Burg gesehen.“

„Ich bin ... man nennt mich den Scheuch ...“, stotterte kaum hörbar die Strohpuppe.

Die Pfote des Monsters ließ ihn los, so daß er halb ins Wasser plumpste:

„Komischer Name. Bist du einer von den Dienstmolchen? Warum schafft ihr mir nicht mehr Nahrung heran? Ich will wachsen und mich ausbreiten.“

„Wir tun, was wir können, großer Meister“, erwiderte der Scheuch und rappelte sich etwas auf. Er begriff sofort, daß das Monster nichts mit seinem Namen anfangen konnte und ihn wahrscheinlich auf Grund seiner glatten Taucherkleidung für einen Molch hielt.

Die ehrfurchtsvolle Anrede schien dem Ungeheuer zu gefallen.

„Großer Meister, plubb, das bin ich wirklich“, sagte es geschmeichelt. „Gut, daß ihr Molche das anerkennt, denn wer gegen mich ist, den erdrücke und ersticke ich. Doch nun verschwinde und hole neuen Abfall herbei.“

Verschwinden wollte der Scheuch sehr gern, aber er war ja gekommen, weil er soviel wie möglich über das Monster herauszufinden und etwas über Chris zu erfahren hoffte. Er erwiderte:

„Entschuldige, erhabener Herrscher, ich mache mich gleich wieder an die Arbeit. Doch ich habe gehört, daß es in deiner Burg einen Gefangenen gibt. Warum sollen wir Molche alles allein tun? Wenn der Gefangene uns helfen würde, könnten wir noch viel mehr Nahrung besorgen.“

Das Ungetüm gab ein Gurgeln von sich, das möglicherweise ein Lachen war.

„Du Dummkopf“, knurrte es, „diese Gefangenen können euch

nicht helfen. Sie würden jämmerlich ersaufen. Aber sie sind unsere erbitterten Gegner, denn sie bekämpfen das Schönste, was es gibt, den Schmutz. Deshalb haben wir sie eingesperrt, im Berg, wo sie noch eine Weile leben und atmen können. Wenn sie uns erst alles über sich und ihre Welt draußen mitgeteilt haben, werden wir ihnen die Gurgel zudrücken." Und es machte mit seinen Krebshänden die entsprechende Bewegung.

Der Scheuch sagte nichts mehr. Schnell stülpte er den Taucherhelm wieder über und kroch ins Wasser zurück. Im Berg ist Chris also, dachte er, doch wo soll das sein? Und er scheint nicht allein dort zu stecken, das Monster sprach von Gefangenen. Ich muß diesen Kerker finden und die Leute befreien. Und wenn es mich den eigenen Kopf kostet.

Noch immer im Banne des schrecklichen Ungeheuers, wollte der Scheuch zu dem Gang schwimmen, aus dem er gekommen war, stieß jedoch unvermutet mit einem Molch zusammen. Er prallte zurück, drehte sich und verlor die Orientierung. Ein Tunnel öffnete sich vor ihm, aus dem ein Lichtschimmer drang, er tauchte hinein und befand sich unversehens in einer neuen Höhle. Hier war es angenehmer als in dem Monstergewölbe, es gab nicht ganz so viel Unrat und sogar einige grüne Schlingpflanzen. Gerade wollte sich der Scheuch ein wenig erholen, da wurde er von hinten gepackt und festgehalten. Eine quatschernde Stimme sagte:

„Platsch, plibb, plutsch, fetsch."

„Laßt mich los, was wollt ihr?" rief der Scheuch. „Ihr zerreißt meinen Anzug."

Es waren zwei Wassermänner. Sie glotzten ihn aus ihren großen Froschaugen drohend an.

„Ich verstehe eure Sprache nicht. Ich bin nicht euresgleichen."

„Das sehen wir selbst, pfft", erwiderte der eine Wassermann auf einmal zischelnd in menschlicher Sprache. Der Scheuch war an Plitsch geraten, jenen Kugelkopf aus dem Fluß, mit dem es schon Chris zu tun gehabt hatte. „Trotzdem kommst du mir bekannt vor, pfft. Wie bist du in die Burg gelangt?“

„Ich hatte eine Unterredung mit dem Monster“, erklärte der Scheuch, und das war ja noch nicht einmal gelogen.

„Mit dem Mächtigen Monster, pfft, pfft? Du?“

„Sehe ich etwa nicht so aus, als könnte ich mit eurem Herrn sprechen?“ fragte der Scheuch und gab seiner Stimme einen energischen Klang.

Plitsch schien zu zögern. Er beriet sich in seiner Sprache mit dem anderen Wassermann. Dann sagte er:

„Trotzdem mußt du uns erklären, wie du hereingekommen bist. Wie lautet die Parole?“

Davon hatte der Scheuch natürlich keine Ahnung. Auf gut Glück murmelte er:

„Gewaltiger Unrat.“

„Das war gestern die Parole“, sagte Plitsch überrascht. „Woher weißt du das? Aber heute wärst du damit nicht durchgekommen. Heute lautet die Parole: wunderbarer Schmutz. Und jetzt weiß ich auch wieder, wer du bist. Du gehörst zu den Leuten von der Schaluppe, pfft, die der Seekönigin helfen wollen. Ich habe dich am Fluß gesehen. Du bist ein Spion, pfft, du hast dich eingeschlichen. Doch das wird dir schlecht bekommen.“

Die Froschhände, die ihren Griff inzwischen gelockert hatten, packten wieder fester zu, und so sehr sich der Scheuch auch wehrte, es nützte nichts. Im Gegenteil, er bekam einen Schlag in den Magen, von dem ihm schwarz vor Augen wurde. Oder waren es die Sauerstoffreserven, die zu Ende gingen? Wie auch immer, dem Scheuch wurde sonderbar flau, und schließlich verlor er das Bewußtsein.

Dritter Teil
Der Sieg über das Monster

EIN WIEDERSEHEN

Nachdem sich die dicke grüne Glastür hinter Chris geschlossen und, offenbar durch einen Zaubertrick der Wassermänner, nur ganz wenig Wasser durchgelassen hatte, war er erst einmal froh, allein zu sein. Er war in der Tiefe des Meeres nicht ertrunken und auch nicht von den Haien angefallen worden, darüber konnte er sich freuen. Doch was heute nicht geschehen war, würde vielleicht morgen passieren. Darüber war sich der Junge im klaren.

„Ach was", sagte Chris zu sich selbst, „ich bin für den Augenblick im Trockenen und darf einigermaßen normal atmen. Die Menviten damals auf dem Planeten Rameria hatten mich ja auch eingesperrt, und ich bin entkommen. Warum sollte mir das hier nicht gleichfalls gelingen?"

Seine Freunde Ilsor und Kau-Ruck fielen ihm ein, die ihm seinerzeit geholfen hatten, und sofort dachte er auch wieder an jene kleinen kuschligen Tiere, die Ranwische oder Puschel. Sie waren imstande gewesen, durch die schmalste Ritze zu schlüpfen, und hatten ihn befreit. Wie schade, daß sie nicht im Zauberland lebten. Wie toll wäre es, wenn sie jetzt bei ihm auftauchten!

Chris seufzte – nein, auf die Puschel konnte er leider nicht hoffen. Aber beim Gedanken an sie kam ihm noch jemand anderes in den Sinn. Es war ja gar nicht so lange her, da hatten sie zwei Tieren geholfen, die sich dafür erkenntlich zeigen wollten. Seine Hand glitt unters Hemd, und tatsächlich, dort hing am Kettchen der Zahn, den ihnen die Biber gegeben hatten. Über all den Aufregungen hatte er das kleine Geschenk völlig außer acht gelassen. Wer, wenn nicht die Biber, konnten ihm hier, mitten im Wasser, helfen.

„Wenn ihr uns braucht, drückt diesen Zahn", hatte das Bibermännchen erklärt, und genau das machte Chris jetzt. Er quetschte den Zahn so zwischen seinen Fingern, daß sie weh taten.

„Rettet mich, ihr Biber“, flüsterte er, „rettet mich!“ Dann wartete er ab.

Chris wartete eine ganze Weile, er preßte den Zahn noch mehrmals mit beiden Händen, doch nichts geschah. Kein noch so kleines Tier tauchte im Kerker auf, keine fremde Stimme war zu hören, nicht einmal ein Geräusch. Der Junge war sehr enttäuscht. Wenn man ihm schon ein Wunder versprochen hatte, dann mußte es schnell stattfinden. Schließlich sagte er sich:

Ich bin ungerecht. Wie sollen die Biber mich denn hier, in der Tiefe und eingeschlossen in dieses Felsverlies, spüren oder gar aufsuchen? Diese Möglichkeit vergesse ich besser.

Doch so aussichtslos die Lage auch schien, es war nicht seine Art, aufzugeben. Deshalb untersuchte Chris zunächst das grünliche Licht, das aus verschiedenen Spalten kam und ihm erlaubte, einigermaßen seine Umgebung wahrzunehmen. Er stellte bald fest, daß es von Muschelschalen herrührte, die im Dunkeln leuchteten. Die Muscheln hatten sich an der Wand festgesaugt, und man konnte sie wie eine Kerze in die Hand nehmen. Im Gegensatz zur Kerze flackerten und verloschen sie aber nicht.

Das half ihm freilich kaum weiter. Wenn ich hier rauskommen will, muß ich nach oben, zur Decke klettern, überlegte er. Da die Wände Risse und andere Vertiefungen hatten, gelangte er auch bis zu einem Spalt, aus dem frische Luft drang. Vielleicht führte der zur Meeresoberfläche. Doch was nutzte das, der Spalt war so schmal, daß Chris gerade mal den Arm hineinstecken konnte.

Schließlich kletterte er wieder nach unten und hockte sich an einer Stelle nieder, wo ein wenig Moos wuchs. Erschöpft schlief er ein, träumte von schillernd bunten Fischen, von großen weißen Muscheln und einem Seehund mit Bart. Später dann waren es viele Seehunde, und sie verwandelten sich in lauter Wassermänner. Die ganze Nacht mußte er sich mit ihnen herumschlagen.

Als Chris erwachte, wußte er zunächst nicht, wo er sich befand. In seinem Verlies herrschte nach wie vor Dämmerlicht, und er brauchte eine Weile, um sich zurechtzufinden. Er hatte mächtigen Hunger, aber nicht einmal einen Bonbon in der Hosentasche. Umso verblüffter war er über eine ganz unerwartete Begrüßung.

„Guten Morgen, mein Junge, nicht gerade angenehm hier, stimmt's?"

Chris schaute nach oben, die Stimme, leise und pfeifend, kam aus dem Spalt, den er am Vorabend untersucht hatte. Eine Ratte saß dort, mit feinem, hellbraunem Fell und spitzer Schnauze.

„Angenehm wäre wirklich gelogen", erwiderte Chris und rieb sich die schmerzenden Glieder.

„Ich soll dir einen Gruß von unseren gemeinsamen Freunden, den Bibern, ausrichten", fuhr die Ratte fort. „Ich heiße übrigens Riffi."

Nun sprang der Junge auf wie von einem Dreizack getroffen.

„Von den Bibern? Hat der Zauberzahn doch gewirkt? Warum melden sie sich erst jetzt?"

„Immer schön mit der Ruhe", gab die Ratte zur Antwort. „Dich hier in diesem Unterwasserverlies aufzustöbern, erfordert schon ein bißchen Zeit."

„Wo sind die Biber?" fragte Chris. „Können sie mir helfen?"

„Dir zu helfen, ist nicht einfach. Auf jeden Fall mußt du dich zunächst mit uns, den Wasserratten, begnügen. Für die Biber sind diese Gänge und Spalten zu eng."

„Für mich leider auch", murmelte Chris.

„Ach was, laß den Kopf nicht hängen. Wir haben bisher immer einen Ausweg gefunden, da konnte der Bau noch so verrammelt sein."

„Falls ich nicht vorher verhungert, verdurstet oder vom Monster aufgefressen worden bin", sagte der Junge bitter. „Dennoch hab Dank für deinen guten Willen, Riffi."

„Ich sehe schon, du traust uns nicht viel zu. Hier, koste mal das." Die Ratte warf ein paar weiße Wurzelknollen aus dem Spalt herunter.

Chris wollte einwenden, daß er kein Nagetier sei, überwand sich dann aber. Sein Hunger war wirklich enorm. Zu seiner Überraschung waren die Knollen weicher als vermutet und saftig. Sie schmeckten süßlich und stillten den Durst.

„Danke. Hätte nicht gedacht, daß man so was essen kann. Als Mensch, meine ich."

„Kartoffeln eßt ihr doch auch", sagte Riffi.

„Nicht gerade roh. Trotzdem, du hast recht." Und nach einer Pause: „Aber wie geht's jetzt weiter?"

„Ich werde mich mit meinen Gefährten beraten. Du hörst bald wieder von uns. Laß dich nicht vom Monster unterkriegen", erklärte die Ratte und war gleich darauf im Spalt verschwunden.

Nicht vom Monster unterkriegen lassen, dachte Chris, leicht gesagt. Schon die Wassermänner sind schlimm genug. Die können mit mir anstellen, was sie wollen, sie brauchen mich bloß wieder ins Meer zu schleppen.

Er begann erneut sein Gefängnis zu untersuchen, gab es dann aber endgültig auf. Er setzte sich hin und wartete. Eine Weile geschah gar

nichts. Nur undeutliche Geräusche von jenseits der Wände drangen herein. Mit einemmal aber flog die Tür auf, und Plitsch stand vor ihm. Daneben ein zweiter Wassermann und noch jemand! Chris traute seinen Augen nicht – es war eine Person, die er sehr gut kannte. Genauer gesagt, stand dieser dritte Mann allerdings nicht, sondern wurde an den Armen gehalten und von den Wassermännern gleich darauf zu Boden geworfen. Direkt vor die Füße des Jungen.

„Pfft, ich bringe dir Gesellschaft“, sagte Plitsch. „Vergnügt euch miteinander, bis wir euch holen.“ Nach diesen Worten waren er und sein Kumpan schon wieder verschwunden. Nur ein paar Pfützen standen noch auf dem Fußboden.

„Scheuch“, rief Chris und kniete sich hin. „Haben sie dich also auch gefangen? Was ist mir dir?“

Der Scheuch, noch in seiner Taucherkluft und mit dem Helm auf dem Kopf, rührte sich nicht. Erst als Chris ihm die Kopfbedeckung abgenommen und ein paar Klapse auf die Wangen gegeben hatte, schlug er die Augen auf.

„Was ist ... Wo bin ich ... Betty, mein Liebling“, murmelte er.

„Ich bin nicht deine Betty, ich bin Chris.“

„Chris? Ah, frische Luft! Mir war so schlecht.“

„Na, so frisch ist die Luft in diesem Loch nun auch wieder nicht“, erwiderte der Junge, froh, daß die Strohpuppe zu sich kam.

Nach wenigen Minuten hatte der Scheuch seine Sinne wieder beisammen. Er war gleichfalls über alle Maßen erleichtert, Chris vor sich zu sehen. Wenngleich sie nun leider beide eingesperrt waren. Mit kurzen Worten schilderte er, was ihm und den anderen inzwischen widerfahren war.

Auch Chris erzählte seine Erlebnisse und erklärte, daß er seine ganze Hoffnung jetzt auf die Ratte Riffi setze.

„Nicht nur auf sie“, erwiderte der Scheuch zuversichtlich. „Unsere Freunde sind auch noch da. Sie werden bestimmt etwas unternehmen.“ Dann fügte er noch hinzu: „Ein Glück, daß sie Käptn Charlie nicht erwischt haben. Ich hatte schon das Schlimmste befürchtet. Das Monster redete so, als ob es mehrere Gefangene gäbe.“

„Vielleicht Nixen oder Fische, die woanders eingesperrt sind“, vermutete Chris.

„Nein, das Seemonster sprach von Leuten, die im Wasser nicht atmen können, von Menschen.“

Doch darauf wußte der Junge keine Antwort.

DAS MONSTER WIRD EINGEKREIST

Floy hatte den Löwen ins Schloß der Seekönigin zurückgebracht, wo seine Wunde versorgt, der Taucheranzug repariert und die Sauerstoffreserven erneuert wurden. Danach wollte der Vierbeiner wieder zur Monsterburg zurück, doch der Delphin war schon losgeschwommen, und der Weg durch die trüben Gewässer war schwierig. Voller Unruhe setzte sich der Löwe deshalb am Beckenrand nieder und wartete auf jemanden, der ihn ins Meer mitnehmen konnte. Vor Ungeduld klopfte er mit dem Schwanz auf den Boden. Es war nicht seine Sache, untätig herumzuhocken.

Plötzlich steckte eine Ratte die Schnauze aus dem Wasser. Obwohl sie fast so groß wie er selbst war, wollte er zunächst nach ihr schnappen. Das Wasser und die Tatsache, daß er hier nur Gast war, hielten ihn davon ab.

Die Ratte hatte seine Bewegung bemerkt und sagte:

„Immer mit der Ruhe, du garstiger Kater. Hier ist neutrales Gebiet. Ich frage mich sowieso, was einer wie du an diesem Ort zu suchen hat. Kannst du mir wenigstens erklären, wo ich die Seekönigin finde?"

„Ich bin kein Kater, ich bin ein Löwe", erwiderte der kleine Löwe. „Im übrigen hast du recht, meine Geste war unangebracht. Aber die Seekönigin ist nicht im Schloß, da fragst du vergebens."

Die Ratte schenkte dem ersten Teil seiner Antwort keine Beachtung.

„Wo kann ich sie finden? Es ist sehr dringend. Es geht um das Leben eines kleinen Jungen."

Der Löwe fuhr auf:

„Was denn, sprichst du etwa von Chris? Was ist mit ihm?"

Nun war es an der Ratte zu stutzen.

„Chris haben ihn die Biber genannt, das stimmt. Moment mal. Die haben ja auch von einem Löwen gesprochen. Bloß kannst du damit kaum gemeint sein."

„Ich bin sehr wohl gemeint", murrte der Löwe, der sich sofort an den Fluß und die Biber erinnerte. „Da war bloß so ein Blödian, der mich verzaubert hat. Nun sag schon, ob dem Jungen was passiert ist. Wir alle sind in großer Sorge um ihn."

„Er sitzt beim Monster fest, doch es geht ihm gut. Wir werden einen Gang graben ... Allerdings muß er durchs Wasser fliehen. Deshalb brauchen wir einen Taucheranzug."

„Wenn's nur das ist, ich habe einen", erwiderte der Löwe. „Er ist zwar nicht groß, aber er paßt sich der Figur an. Ich hole ihn gleich." Obwohl er den Anzug liebend gern selber benutzt hätte, rannte er los und war Sekunden später mit der Ausrüstung zurück, die mittlerweile geflickt worden war.

„Es wäre auch gut, wenn jemand das Monster beschäftigen könnte, solange wir graben", fuhr die Ratte fort. „Eine Scheinattacke oder etwas Ähnliches."

„Am besten wäre es, wenn wir gleich richtig angreifen und das Monster vertreiben würden", der Löwe machte ein grimmiges Gesicht. „Meine Freunde sind schon bei der Burg, um die Lage zu erkunden. Ich kann sie im Moment nur nicht erreichen. Aber ich werde alles der Königin ausrichten, sobald sie zurückkommt. Zur Zeit bekämpft sie noch die Mörderalgen.“

„Einen schönen Gruß an sie, aber ich muß jetzt los. Jede Minute zählt.“ Die Ratte tauchte unter, den Anzug in der Schnauze. Bestimmt hatte sie draußen ein paar Artgenossen, die ihr beim Transport helfen würden.

Der kleine Löwe dagegen mußte sich weiterhin gedulden. Endlich näherte sich eine Schildkröte, der er seine Geschichte erzählen konnte.

„In Ordnung“, erklärte die Schildkröte, „die Seekönigin ist soeben heimgekehrt. Wir alle sind sehr müde, aber wir haben die Mörder-algen für diesmal besiegt. Ich werde meiner Herrin Belldora Mit-teilung machen.“

Wenig später schwamm Kira, die Meerjungfrau, heran.

„Wir haben gehört, was dir die Ratte berichtet hat“, sagte sie, „doch gleichzeitig auch eine zweite traurige Nachricht erhalten. Ein Molch, der dem Monster dient, aber heimlich mit uns zusammenarbeitet, meint, daß die Wassermänner noch einen weiteren Gefangenen gemacht haben. Nach seiner Beschreibung kann es sich nur um den Scheuch handeln.“

Der Löwe war zutiefst betroffen.

„Der Scheuch im Kerker des Monsters? Das ist alles meine Schuld! Wenn ich mich nicht mit der dummen Muräne angelegt hätte, wäre das nicht passiert. Ich hätte meinen Freund beschützt.“

„Jeder kann einer Muräne über den Weg laufen“, tröstete ihn Kira. „Beim Scheuch waren ja noch der Eiserne Holzfäller und Charlie. Offensichtlich konnten sie ihn ebensowenig beschützen.“

„Und was ist mit diesen beiden?“

„Wir haben keine Nachricht von ihnen. Vielleicht weiß Floy inzwischen mehr.“

„Ich muß unbedingt mit ihm sprechen“, sagte der Löwe.

„Floy wird bald wiederkommen. Wir beraten dann, was zu tun ist.“

Kira brachte dem Löwen einen neuen Taucheranzug, und als der Delphin zurückgekehrt war, fanden sich alle bei der Seekönigin ein. Floy berichtete, daß Charlie mit dem Scheuch in die Monsterfestung eingedrungen und momentan verschollen sei. Man könne nur hoffen, daß er nicht gleichfalls gefaßt würde.

„Was ist mit dem Holzfäller?“ fragte der Löwe.

„Er harrt am Seiteneingang aus, er braucht ja nicht zu atmen. Er will sich nicht eher vom Fleck rühren, bis der Käptn zurück ist.“

Die Königin, diesmal mit einer Korallenkrone und weißen Perlen im Haar, war traurig.

„Ich mache mir Vorwürfe“, sagte sie. „Niemals hätte ich zulassen dürfen, daß ihr vier zur Monsterburg schwimmt. Ich habe euch der Gefahr ausgesetzt.“

Der Löwe widersprach:

„Es war unsere Entscheidung, zur Festung zu tauchen. Charlie und der Scheuch wußten genau, was sie tun. Bestimmt werden uns die Kenntnisse helfen, die sie dort sammeln. Wir dürfen sie jetzt nur nicht im Stich lassen.“

„Das werden wir auf keinen Fall“, erwiderte Belldora. „Ich habe schon einen Trupp unserer tapfersten Schwertfische losgeschickt, damit sie die Wassermänner ablenken. Dann können die Ratten in Ruhe ihren Gang graben.“

Floy schaltete sich ein:

„Wir sollten die Gelegenheit nutzen und das Monster direkt angreifen, Herrin. Wenn uns die Wasserratten unterstützen, tun es auch die Fischottern und Biber. Sogar mancher Hai hat inzwischen begriffen, daß er mit diesem Scheusal auf Dauer nicht gut fährt.“

Der kleine Löwe schlug sich sofort auf die Seite des Delphins:

„Richtig, wir jagen dieses Pack im Rudel und kreisen es ein. So ist man am erfolgreichsten.“

„Und wir dringen aus der Tiefe vor“, brummte in diesem

Augenblick eine Stimme von der Tür her, die dem Vierbeiner bekannt vorkam. „Mit unserer Tinte vernebeln wir den Wassermännern total die Sicht."

Der Löwe drehte sich überrascht um.

„Prim, wo kommst du her?! Keiner hat mir gesagt, daß du hier bist."

„Ich bin ja auch gerade erst eingetroffen. Mit den Störchen gelangt man ewig nicht ans Ziel. Sie wollen unterwegs dauernd Frösche fangen."

Obwohl die Lage ernst war, gab es ein großes Hallo. Der Löwe mußte allen, insbesondere natürlich der Königin, den Kraken vorstellen, der ein guter Bekannter Charlies und inzwischen mehrmals im Zauberland gewesen war. Prim wiederum erklärte er, warum er auf einmal so klein war.

Doch Belldora mahnte zur Vernunft.

„Das Monster in seiner Festung anzugreifen, ist nicht einfach und wird viele Opfer kosten. Wenn ich allein an das Blutbad denke, das die Haie unter meinen Karpfen, Dorschen, Barschen und Heringen anrichten könnten!"

Prim, der genau wußte, wie gefährlich die Haie auch ihm werden konnten, trotz seiner acht Fangarme mit den vielen Saugnäpfen, sagte tapfer:

„Könnte man nicht von hinten in die Festung eindringen und das Monster überrumpeln, bevor es seine Diener zu Hilfe ruft?"

„Von hinten haben wir keine Chance", erklärte Floy. „Das Monster ist schlau, es hat seine Burg vor der Mündung eines sehr schmutzigen Flusses errichtet. In dem Dreck dort findet es sich nur selbst zurecht."

„Wie auch immer, wir müssen etwas unternehmen!" rief hitzig der Löwe. „Sonst ist es für meine Freunde womöglich zu spät."

Die Seekönigin überlegte.

„Also gut, vielleicht sind die Opfer noch größer, wenn wir zögern.

Es empört mich außerordentlich, daß das Monster sich sogar an dem berühmten Weisen Scheuch vergreift. Deshalb werden wir gemeinsam zur Festung schwimmen und dieses Ungeheuer zum Kampf herausfordern. Ich selbst werde es herausfordern! Wir legen mit all unseren Anhängern einen Ring um die Burg und lassen ihm nur den Fluchtweg nach hinten. Falls es uns nicht gelingt, das Monster ganz zu vernichten."

Damit war die Entscheidung getroffen. Belldora persönlich, unterstützt von Kira und den anderen Meerjungfrauen, nahm die Organisation in die Hände. Ein großer Teil der Fische war noch in Schloßnähe, weil sie am Kampf gegen die Mörderalgen teilgenommen hatten, darüberhinaus aber eilten Boten in alle Gegenden des Muschelmeeres, um das Seegetier für die große Schlacht gegen das Monster zu sammeln. Die meisten Meeresbewohner, von den Algen und dem Ölschlick, den die Wassermänner überall hinschleppten, stark bedrängt, hatten nur auf dieses Zeichen gewartet. Nicht bloß Säge- und Schwertfische, Delphine, Welse, Barsche, Schollen und Flundern trafen ein, sondern auch Seespinnen, Langusten, Oktopoden, Makrelen, Heringe, Garnelen, Feuerfische. Dazu kamen Robben, Seelöwen, Schildkröten und sogar Pinguine. Es war ein solches Gewimmel im Schloßhof, daß der kleine Löwe völlig die Übersicht verlor. Die brauchte er allerdings auch nicht – die Meerjungfrauen kannten sich genau aus und wußten schnell Ordnung in das Durcheinander zu bringen. Bald zogen die verschiedenen Gruppen los, um sich so leise und unauffällig wie möglich der feindlichen Burg zu nähern.

Floy aber brach mit dem kleinen Löwen und dem Kraken Prim erneut zum Eisernen Holzfäller auf. Vielleicht war inzwischen wenigstens Charlie zurückgekehrt, und sie konnten für den Kampf nutzen, was er in der Festung erkundet hatte.

DER GEFÄNGNISBERG

Jessica zeigte Käptn Charlie ihr Reich, das aus mehreren kleinen Höhlen und zwei Gängen bestand. Der eine führte steil nach unten in das eigentliche Verlies, der andere ging kurz vor dem Kerker zur Seite hin ab. Beide endeten sie aber im Gestein, und auch über die Höhlen gab es kein Entkommen.

Daß Jessica diese unterirdischen Tunnel gefunden hatte, war übrigens ihrer Beharrlichkeit zu verdanken. Bei ihrer Gefangennahme hatte sie einen Stielkamm bei sich gehabt, dem die Wassermänner keine Beachtung schenkten. Damit hatte sie überall dort, wo in ihrem Verlies Moos wuchs, zu graben versucht. Und siehe da, an einer Stelle hatte sie einen Spalt entdeckt, der mit Erde gefüllt war. Sie hatte mit einem spitzen Stein und mit den Händen weitergewühlt, und es reichte gerade aus, ihren mageren Körper hindurchzuzwängen. Dahinter lag eine kleine Höhle, an die sich der erste Gang anschloß. Er mußte schon vor langer Zeit entstanden sein.

Für Charlie war der Gang gerade noch passierbar, doch ins Verlies konnte er nur einen Blick werfen. Er war erstaunt, daß die Wassermänner die Gänge bisher nicht entdeckt hatten. Aber die Helfer des Monsters kamen meist morgens oder abends, und da fanden sie Jessica stets in ihrem Gefängnis vor. Den Spalt verstopfte sie nach jedem Ausflug wieder sorgfältig mit Erde.

„Wenn du hier nicht bald rauskommst, werden sie dich trotzdem erwischen“, sagte der Käptn.

„Dann haben sie dich aber auch“, erwiderte das Mädchen. „Du bist ja gleichfalls im Berg gefangen.“

„Mit meinem Anzug könnte ich notfalls von dort aus zurücktauchen, wo wir uns getroffen haben.“

„Die Haie würden nicht einfach so zuschauen“, sagte Jessica.

Aber Charlie wollte nun, da er das Mädchen getroffen hatte,

sowieso nicht allein zurück. Und er vermutete zu Recht, daß auch Chris irgendwo in diesem Berg stecken mußte. Er erzählte Jessica davon, und sie versuchten es mit einem Klopfzeichen gegen die Felsen:

Bum, bum, bum - Chris, wo bist du?

Doch es kam keine Antwort.

„Wir müssen es immer wieder probieren und an verschiedenen Stellen“, sagte Charlie.

Die beiden bemühten sich redlich, aber ohne Erfolg. Bis plötzlich eine Ratte den Kopf aus einer Ritze steckte. Jessica bekam einen mächtigen Schreck, doch die Ratte sagte:

„Ihr klopft und klopft, damit werdet ihr noch die Wassermänner anlocken. Wer seid ihr eigentlich?“

„Käptn Charlie Black, auf allen Weltmeeren zu Hause“, stellte sich der Seemann vor, der längst an überraschende Gespräche mit allen möglichen Tieren gewöhnt war.

„Ich heiße ... Jessica und bin die Enkelin ... des Zau ... Zauberers Goodwin“, stotterte das Mädchen.

„Als Enkelin eines Zauberers scheinst du mir ziemlich schreckhaft“, sagte die Ratte.

„Und wer bist du?“ fragte Charlie.

„Eine Wasserratte, das mußt du als Seemann doch sehen. Ich heiße Riffi.“

„Wenn du kein Freund der Wassermänner bist“, begann Charlie vorsichtig, „kannst du uns vielleicht eine Auskunft geben.“

„Ihr wollt wissen, wo dieser Junge mit Namen Chris steckt, stimmt’s? Deshalb klopft ihr.“

„Du kennst ihn? Du hast recht, genau diesen Jungen suchen wir“, sagte Charlie erfreut.

„Ihr klopft an der falschen Stelle“, erklärte die Ratte, „sein Kerker liegt unter eurem. Aber lange werden ihn die Wassermänner nicht mehr festhalten.“

„Wieso das?“

Die Ratte berichtete von dem Gang, den sie und ihre Gefährten zum Wasser gruben. Eine Schwester von ihr wäre unterwegs, um einen Taucheranzug zu besorgen.

Von dieser Entwicklung der Dinge war der Käptn natürlich höchst angetan. Er bat die Ratte, Chris einen Gruß auszurichten, fragte sie aber auch, ob sie ihnen beiden nicht gleichfalls beistehen könnte.

„Vielleicht wißt ihr eine Möglichkeit, über die Gänge freizukommen, die Jessica gefunden hat“, sagte er.

„Wenn mich nicht alles täuscht, müßt ihr versuchen, den Boden der Höhle im Seitentunnel zu durchstoßen“, erwiderte die Ratte. „Dort ist der Stein porös, und ihr gelangt ins Meer.“

„Wir werden sofort mit der Arbeit beginnen“, rief Charlie eifrig. Aber Jessica sagte:

„Ich muß trotzdem hierbleiben. Ich habe doch genausowenig eine Taucherausrüstung wie dieser Chris.“

Charlie zeigte sich etwas beschämt. Daran hatte er überhaupt nicht gedacht.

„Vielleicht könnt ihr noch einen zweiten Anzug besorgen?“ bat er die Ratte.

„Geht schon in Ordnung“, erwiderte Riffi, „ihr habt den Bibern geholfen, wir helfen euch. Aber es wird einige Zeit dauern, denn all meine Freunde und Gefährten werden zum Graben gebraucht. Meine Schwester müßte ein zweites Mal zur Seekönigin.“

„Hauptsache, es klappt“, erwiderte Charlie, „und wir kommen raus.“

Riffi verschwand, Charlie aber hatte plötzlich Hunger und fragte das Mädchen:

„Wovon hast du dich eigentlich die ganze Zeit ernährt? Was hast du gegessen und getrunken?“

„Die Wassermänner haben mir Fisch und Muscheln gebracht“, gab Jessica zur Antwort. „Und in der obersten Höhle ist eine Quelle. Aber ich würde viel für eine richtige Wurststulle geben oder für einen Hamburger.“

„Kriegst du alles, wenn wir mit diesem Monster fertig sind. Einen ganzen Korb Hamburger kriegst du. Hast du das Monster schon mal gesehen?“

„Klar“, erwiderte Jessica. „Es war sogar hier in der Höhle, ist kaum durch die Tür gekommen. Es kann sich aber dünn machen wie eine Schlange und dick werden wie grüner Brei. Es hat mich gefragt, wo es bei mir zu Hause schön schmutzig sei.“

„Und was hast du geantwortet?“

„Daß alles bei uns, Flüsse, Seen und Wälder, kein bißchen dreckig sind. Das stimmt aber gar nicht.“

„Hat dir das Monster geglaubt?“ fragte Charlie.

„Zuerst ja“, erwiderte das Mädchen. „Doch die Wassermänner meinten, ich würde lügen, irgendwo müßte Dreck sein. Da wurde es böse und hat mich mit seinen glitschigen Händen gegen die Steine gestoßen.“

„Und dann?“

„Ich hab getan, als hätte ich was noch nicht erzählt und schnell einen riesigen Ölsee erfunden. Das Monster hat sich mächtig darüber gefreut.“

„Wenn sie diesen See nicht finden, werden sie andere Seiten mit dir aufziehen“, sagte der Käptn. „Zur Zeit sind sie freilich noch zu sehr mit dem Muschelmeer beschäftigt.“

Inzwischen mußte es auf den Abend zugehen, sie konnten das in der allgemeinen Dunkelheit nur nicht so genau abschätzen. Jessica vermutete jedenfalls, daß die Wassermänner bald kämen, um ihr etwas zu essen zu bringen, und wollte ins Verlies zurück. Charlie jedoch hielt sie davon ab:

„Ich weiß nicht. Vielleicht wäre es besser, hierzubleiben und auf Riffi mit dem Taucheranzug zu warten. Es könnte sein, daß der Scheuch von den Dienern des Monsters erwischt worden ist. Mich haben die Haie auch gesehen. Vielleicht bringen dich die Wassermänner sonstwohin, und du hast keine Chance mehr zu fliehen.“

„Aber wenn ich verschwunden bin, werden sie mich überall suchen“, wandte Jessica ein. „Sie werden die Gänge entdecken.“

„Nicht, wenn wir den Spalt verstopfen und einen großen Stein davor wälzen. Bis sie dann unsere Spur haben, sind wir längst weg.“

Sie machten es so, verstopften den Spalt mit Erde und fanden auch einen Felsbrocken, den sie an die entsprechende Stelle rückten. Darüber türmten sie noch kleinere Steine.

„So“, sagte Charlie, „das wäre geschafft. Jetzt schauen wir uns die Höhle an, von der die Ratte gesprochen hat.“

Sie wollten gerade aufbrechen, als vom Verlies her unbestimmte

Geräusche zu hören waren. Jessica legte das Ohr an die Wand und erklärte:

„Offenbar sind die Wassermänner gekommen. Sie scheinen sehr aufgeregt zu sein.“

„Bestimmt gucken sie jetzt einmalig dumm aus der Wäsche“, erwiderte Charlie. „Ich möchte ihre Gesichter sehen.“

„Sie beraten sich wohl“, sagte das Mädchen. „Vielleicht glauben sie an Zauberei.“

„Das wäre das beste für uns.“

Sie brachen auf, krochen zu dem Seitentunnel und erreichten die Höhle mit dem porösen Steinboden. Tatsächlich war der Grund dort brüchig und feucht.

Charlie hatte ein Taschenmesser bei sich. Es gelang ihm, damit ein paar Steinbrocken loszubrechen.

„So müßte es zu schaffen sein“, sagte er, „aber wir wollen warten, bis wir deinen Anzug haben.“

Jessica dagegen war ungeduldig und buddelte weiter. Zuerst mit einem scharfen Stein, dann mit den Händen. Plötzlich löste sich ein größerer Felsbrocken, und Wasser sprudelte herein.

„Hör auf“, rief Charlie, „das Gestein, das uns vom Meer trennt, ist hier offenbar sehr locker und der Boden dünn. Wenn sich die Gänge mit Wasser füllen, ertrinken wir.“

Das hatte Jessica inzwischen auch begriffen, aber es war zu spät. Die Höhle füllte sich zusehends, und das Loch im Boden wurde immer größer.

„Wir müssen hier weg“, rief das Mädchen erschrocken, „in den Gang zurück und so hoch wie möglich.

„Dann kommen wir wieder zu den Haien. Und dort warten womöglich schon die Wassermänner“, erwiderte Charlie.

„Aber was sollen wir tun?“

Der Käptn war bereits dabei, seinen Taucheranzug abzustreifen.

„Hier, zieh den über“, rief er Jessica zu, „er paßt dir ebenso wie mir.“

„Und du?“

„Ich kann besser tauchen, hab mehr Erfahrung mit dem Wasser. Bis zur Meeresoberfläche kann es nicht so weit sein.“

Charlie hatte sich überlegt, daß die Höhle, in die er sich vor den Haien gerettet hatte, zum Teil über der Meeresoberfläche liegen mußte, denn sonst wäre sie ganz mit Wasser gefüllt gewesen. Er kannte ja das Gesetz der kommunizierenden Röhren. Er hatte aber keine Zeit, das dem Mädchen jetzt zu erklären.

Inzwischen war Jessica in den Anzug geschlüpft, und der Käptn bedeutete ihr, sich durch das Loch ins offene Meer zu zwängen. Das war nicht ganz einfach, denn das Wasser schoß nun schon kräftig herein. Zum Glück spülte es dabei die Öffnung noch mehr frei. Er selbst wartete, bis sie groß genug war, dann holte er tief Luft und schob sich gleichfalls ins Meer hinaus. Mit kräftigen Arm- und Beinbewegungen strebte er dem Licht zu.

Das Wasser war ölig und trübe, zunächst konnte er die Sonne, die bereits unterging, nur erahnen. Aber dann wurde es doch heller. Er spürte einen dumpfen Druck in den Schläfen und in den Ohren, seine Lungen platzten fast, aber er stieg nach oben, und auf einmal war das Abendlicht da. Charlie hob den Kopf aus dem Wasser und schnappte, fast ohnmächtig, nach Luft. Erst nach einigen Sekunden begriff er, daß er es geschafft hatte.

Nach Tagen in der Tiefe und Finsternis den Himmel zu sehen, war ein wunderbares Gefühl. Obwohl Käptn Charlie im Schmutz paddelte und zunächst, von der Helligkeit geblendet, die Augen schloß, genoß er vollauf die ersten Sekunden. Dann besann er sich jedoch und hielt nach Jessica Ausschau. Wo war das Mädchen?

Nicht weit entfernt dehnte sich das Ufer, aber viel näher noch erhob sich eine kleine felsige Insel aus dem Wasser. Sie wurde von der grauen Flut umspült, in der er selber trieb, und Charlie begriff, daß die beiden Erhebungen darauf zur Monsterburg gehörten. Eine war ohne Zweifel die Kuppe des Gefängnisberges.

Der Käptn hatte keine Wahl. Ich muß erst einmal die Insel ansteuern, sagte er sich, vielleicht ist Jessica schon dort. Heiliger Klabautermann, wenn ich doch bloß den Bug eines Schiffes erspähen könnte! Und wenn's die Schaluppe wäre, mit der wir hergekommen sind.

Sich immer wieder umblickend, schwamm er zu dem düsteren Eiland. Etwa zwanzig Meter vom Ufer entfernt, wurde das Wasser flacher, und der Seemann mußte sich durch Schlick, Schlamm und Schlingpflanzen kämpfen. Was für ein Dreck, was für morsche Baumstämme, dachte er. In diesem Augenblick aber setzte sich einer der Baumstämme in Bewegung und schoß mit aufgerissenem Maul auf den Käptn zu. Soviel Erfahrung er mitbrachte, er hatte nicht daran gedacht, daß dem Monster außer Haien auch Krokodile als Wächter dienten.

ENDLICH WIEDER FREI

Chris wartete voller Anspannung auf die Ratte, die zurückkommen und den unerläßlichen Taucheranzug bringen wollte. Er lief aufgeregt in seinem Kerker hin und her. Hatte er sich einmal hingesetzt, sprang er kurz danach wieder auf.

Der Scheuch dagegen saß ruhig in einer Ecke auf einem Stein und wartete ab. Seit er Herrscher in der Smaragdenstadt geworden war, hatte er deutlich an Würde und Erfahrung gewonnen.

„Ich wundere mich, daß du so ruhig bist", sagte Chris. „Worüber denkst du die ganze Zeit nach?"

„Ich frage mich, wie man das Monster am besten packen kann. Deshalb sind wir schließlich hergekommen."

„Erst müssen wir hier mal raus sein", wandte der Junge ein.

„Natürlich", stimmte der Scheuch zu. „Ich habe auch keine Lust, noch mal von den Wassermännern in die Mangel genommen zu werden. Aber die Ratten werden uns schon befreien. Und die Zeit bis dahin will ich nutzen."

„Das Monster ist bestimmt schrecklich stark!"

„Ohne Zweifel. Aber Floy hat erzählt, daß es anfangs klein und unscheinbar war. Es ist unheimlich gewachsen, weil es ständig Abfälle, Teer und sonstigen Schmutz zu sich nahm. Genau wie die Wassermänner."

Chris wurde für einen Augenblick ruhiger.

„Du hast recht. Als sie mich gefangen hatten und später am Strand eine Pause mit mir machten, haben sie unheimlich viel vergammelten Tang und anderes Zeug gefressen. Mir wurde ganz schlecht."

„Der Käptn und ich haben beobachtet, wieviel Abfälle die Molche in die Burg schleppen", sagte der Scheuch. „Ich wollte erst gar nicht glauben, daß sich das Ungeheuer davon ernährt."

„Vielleicht müßte man dem Monster einfach die Abfälle wegnehmen", erklärte der Junge.

Der Scheuch nickte.

„Genau das habe ich mir auch überlegt. Die Frage ist nur, wie?"

Endlich war ein leises Kratzen und Scharren hinter der Wand zu hören, das bald deutlicher wurde. Chris sprang wieder auf, und auch der Scheuch erhob sich.

„Das müssen sie sein, das sind sie!" rief Chris.

In dem Spalt oben zeigte sich das spitze Schnäuzchen der Ratte Riffi. Mit den Vorderpfoten schob sie die dünne, aber widerstandsfähige Haut des Taucheranzugs ins Verlies.

„Hier, meine Schwester hat dir den Anzug besorgt."

„Ihr seid große Klasse, vielen, vielen Dank." Chris stürzte sich auf den Anzug und streifte ihn gleich über.

„Übrigens soll ich dir einen Gruß von deinem Onkel Charlie bestellen", sagte Riffi.

„Von Charlie? Wo hast du ihn getroffen?" Chris und der Scheuch schauten die Ratte fragend an.

„Er steckt direkt über euch im Gefängnisberg. Zusammen mit einem Mädchen, das die Wassermänner schon früher gefangen haben. Aber keine Sorge, wir werden die beiden gleichfalls herausholen. Nach euch."

„Da haben sie den Käptn also auch erwischt", brummte der Scheuch.

„Nein, nein. Er ist bloß irgendwie in den Berg geraten."

„Ein Mädchen?" fragte Chris. „Bestimmt will er es nicht im Stich lassen. Wer ist sie?"

„Das weiß ich nicht. Aber ihr solltet jetzt an euch denken. Wir haben den Durchbruch fast geschafft. Die letzten Steine müßt ihr selbst herausbrechen."

Der Scheuch fragte:

„Wohin gelangen wir, wenn wir den Kerker verlassen? In den Burghof, zu den Haien?“

„Keine Angst“, erwiderte Riffi, „ihr kommt jenseits der Festungsmauer heraus und werdet, wenn mich nicht alles täuscht, auch gleich von ein paar Freunden in Empfang genommen.“

„Sicherlich von Floy“, sagte der Scheuch.

„Vom Eisernen Holzfäller!“ rief Chris.

„Auch eine Katze ist dabei, die sich als Löwe bezeichnet“, die Ratte kicherte.

„Unser Freund ist tatsächlich ein Löwe“, sagte der Scheuch, „und ein tapferer dazu.“

„Ihr seid schon eine sonderbare Gesellschaft“, die Ratte beruhigte sich wieder.

Chris wollte widersprechen, aber da knirschte und knackte es direkt neben ihm im Gestein, und unvermutet drang Wasser durch die Wand.

„Es geht los, meine Gefährten haben es geschafft“, flüsterte Riffi, „ich ziehe mich jetzt zurück.“

Sie verschwand, während neben Chris ein Loch entstand. Links

und rechts flog Sand nach innen, und ein paar Rattenschnäuzchen tauchten auf. Dann schoß das Wasser stärker herein.

„Danke, Freunde", rief Chris, der seiner Freude Ausdruck verleihen mußte. Doch der Scheuch ließ ihm keine Zeit zu langer Begrüßung.

„Komm, pack mit an", forderte er den Jungen auf und rüttelte mit seinen schwachen Kräften an einem großen Stein.

Der Wasserdruck half ihnen. Sie konnten den Brocken beiseiterücken und, nachdem sich die Höhle mit Wasser gefüllt hatte, durch den kurzen, von den Ratten gegrabenen Gang das offene Meer erreichen.

Sie verließen den Gefängnisberg etwa dort, wo der Eiserne Holzfäller auf sie wartete, zu dem inzwischen Floy, der kleine Löwe und der Krake Prim gestoßen waren. Das Seitentor war allerdings zu. Der Wächter hatte sich mit Leidensmiene nach innen begeben und es verrammelt. Vielleicht wollte er die Beulen behandeln lassen, die ihm der Holzfäller zugefügt hatte.

Der Eisenmann und der kleine Löwe waren überglücklich, die beiden Gefangenen wiederzusehen. Der Scheuch jedoch sagte:

„Vielen Dank für eure Anteilnahme, Freunde, aber wir haben gehört, daß auch Charlie aus diesem Berg ausbrechen will. Ein Mädchen soll bei ihm sein. Ich weiß nicht, ob es bei dem Käptn so glatt geht wie bei uns. Wir müssen ihm zur Seite stehen."

Sie schwammen ein Stück nach oben, denn Riffi hatte ihnen ja mitgeteilt, daß der Kerker Jessicas über dem von Chris lag. Sie konnten freilich nicht wissen, daß die beiden die Wand schon an anderer Stelle durchbrochen hatten. Deshalb war Chris auch völlig überrascht, als er plötzlich unten am Boden eine kleine Gestalt in Taucherausrüstung treiben sah. Obwohl er im trüben Wasser kaum etwas erkannte, begriff er, daß sie keinerlei Schwimmbewegungen machte. Schnell war er bei ihr, rüttelte und schüttelte das Mädchen, denn es handelte sich um Jessica. Gleich nachdem sie aus der Höhle gekommen war, hatte sie sich heftig an einem Felsvorsprung gestoßen und war ohnmächtig auf den Grund gesunken.

Der Eiserne Holzfäller und Prim eilten herbei, und zum Glück kam das Mädchen nun wieder zu sich. Sie war keineswegs erstaunt, als sie die Fremden erblickte, denn sie kannte ja alle aus den Erzählungen ihres Großvaters Goodwin und des Käptns. Sofort fiel ihr auch ein, daß Charlie keinen Taucheranzug hatte, und sie zeigte aufgeregt nach oben.

Floy, der hinzuschwamm, und der Krake begriffen am schnellsten. Sie stiegen kerzengerade zur Meeresoberfläche empor.

Die beiden kamen keinen Moment zu früh. Floy, der von den Krokodilen auf der Insel wußte, hatte Prim durch Pfeiftöne auf die Gefahr aufmerksam gemacht, und so sahen sie oben gleich, was los war. Der Käptn schwamm ahnungslos auf das Eiland zu, und gerade ging das Reptil, das ihm am nächsten war, zum Angriff über. Wie der Blitz sauste der Delphin auf die Echse zu, doch er war zu weit entfernt, um dazwischenzufahren.

Um Charlie wäre es geschehen gewesen, hätte nicht Prim eingegriffen. Sich unvermittelt aufblähend, setzte er eins seiner wirkungsvollsten Mittel ein – seine telepathischen Fähigkeiten. Er sandte ein Signal aus, das die Echse, die bereits den Rachen aufriß, wie ein elektrischer Schlag traf. Verwundert, ja sogar erschrocken, begann das Tier zu blinzeln und klappte das Maul mit den gräßlichen Zähnen wieder zu.

Inzwischen hatte Charlie die gefährliche Lage erkannt und versuchte zur Seite wegzutauchen. Nur, wohin? Ringsum lauerten weitere Krokodile, und selbst auf der Insel lagen welche. Dennoch rettete ihm Prims Tat das Leben. Floy konnte den Aufschub nutzen. Wie ein silberner Pfeil jagte er heran, bevor sich das Krokodil besann.

„Spring auf, los, halt dich an mir fest“, rief der Delphin dem Käptn zu, und Charlie griff geistesgegenwärtig nach der Rückenflosse.

Zwar erwischte er sie in der Eile nicht richtig und wurde nur recht und schlecht zehn Meter mitgeschleppt, doch damit war er für den Augenblick aus der Gefahrenzone. Floy, der weitergesaust war, kehrte um, so daß Charlie sich endgültig auf seinen Rücken schwingen konnte. Mit beiden Händen die Flosse gepackt haltend, ritt er wie ein Cowboy über die Meereswellen davon.

PLITSCH GIBT KLEIN BEI

Während die Wasserratten heimlich den Gang im Gefängnisberg gegraben hatten, waren die Schwertfische, der Anweisung der Seekönigin folgend, zum Haupteingang der Monsterburg geschwommen. Sie hatten sich so schnell dem Tor genähert, daß die Wassermänner, die dort Wache hielten, erstaunt die Augen aufrissen. Sie glaubten an einen Überfall, richteten den Dreizack auf den scheinbaren Angreifer und stießen ein pfeifendes „Fletsch putschiflatsch!“ aus, was in der Monstersprache „Alarm, Alarm!“ hieß. Sofort kamen ein paar große Blauhaie zur Unterstützung herbei, doch die Schwertfische waren schon wieder weg.

Dieses Manöver wiederholte sich mehrere Male und brachte die Wächter ganz durcheinander. Den eleganten, am Rücken schwarzblauen, am Bauch silberweißen Abgesandten Belldoras machte es direkt Spaß, die plumpen Haie an der Nase herumzuführen. Zwar waren sie kleiner als diese Räuber und nicht so kräftig, dafür aber wendiger. Außerdem traten sie in geschlossener Formation auf. Die Wassermänner, erschrocken mit den Waffen herumfuchtelnd, wichen bei ihrem Heranbrausen zurück und schlossen letztendlich das Tor. Aus schmalen Luken spähten sie nach draußen. Sie waren sich nicht sicher, was das Ganze zu bedeuten hatte.

Jedenfalls wurde das Ziel erreicht, das die Seekönigin im Auge gehabt hatte. Die Ratten konnten ungestört arbeiten. Alles, was in der Festung Flossen oder Froschfüße hatte, eilte auf den Hof und zur Schutzmauer, um zu sehen, was sich vor dem Eingangstor abspielte.

Nur der Wassermann Plitsch war nicht so leicht zu übertölpeln. Nachdem er den Scheinattacken der Schwertfische eine Weile zugeschaut hatte, kam ihm der Gedanke an die Gefangenen. Vielleicht wollte wieder jemand zum Seiteneingang eindringen, während sich die Bewacher vorn versammelten, diesem Scheuch war das ja vorher auch gelungen. Plitsch machte die Runde innerhalb der Festungsmauer, doch das Seitentor war verriegelt, und er konnte nichts Ungewöhnliches entdecken. Erst später, als er nach den Gefangenen selbst sah, erlebte er eine böse Überraschung. Sowohl Chris und der Scheuch als auch das Mädchen waren weg.

Plitsch schäumte vor Wut, gleichzeitig fragte er sich aber, wie wohl das Monster diese Nachricht aufnehmen würde. Schon die Tatsache, daß der Scheuch ungehindert bis zu dem Ungeheuer vorgedrungen war und sich als Versorgungsmolch ausgegeben hatte, war für seinen Herrn ein Grund maßlosen Zorns gewesen. Und nun das – die wertvollen Geiseln waren verschwunden! Wie sollte Plitsch ihm das beibringen?

Er teilte es zunächst einem seiner Kumpane mit, und gemeinsam verschlossen sie, so gut es ging, die Löcher im Gefängnisberg. Auf keinen Fall durfte sich noch ein weiterer Gegner in die Burg einschleichen. Dann begab sich der Wassermann mit hängenden Schultern zum Monster, um den Reinfall einzugestehen. Er hatte Glück, das Ungeheuer war gerade so vollgefressen, daß es die Nachricht zwar wütend, aber für seine Verhältnisse noch ruhig entgegennahm. Plitsch bekam lediglich einen Nasenstüber, der ihn durch die Höhle mit den kleinen Inseln wirbeln ließ. Er klatschte gegen die Felswand und plumpste in das Dreckwasser. Da er Gummiknochen hatte, steckte er den Schlag ohne größeren Schaden weg.

„Pfutsch fradutsch matsch!" schrie das Monster. „Ich bin jetzt zu müde, um euch allen für diese Nachlässigkeit den Kopf abzubeißen. Aber wenn ihr die Flüchtigen nicht bis morgen früh wieder eingefangen habt, könnt ihr was erleben. Dann schicke ich euch in den äußersten Süden, wo noch alles ganz sauber ist. Dort müßt ihr euch von klarem Wasser und grünen, völlig gesunden Pflanzen ernähren."

Diese Drohung jagte Plitsch einen Schauer über den Rücken, aber er war froh, zunächst so davongekommen zu sein. Hastig verließ er das Monstergewölbe.

In der Nacht zogen sich die Schwertfische von der Festung zurück. Dafür schlossen die übrigen Truppen der Seekönigin, wie abgesprochen, unauffällig einen Ring um die Burg. Nur ein schmaler Streifen hinten blieb frei, in dem das Wasser so schmutzig war, daß die Fische sofort daran zugrunde gegangen wären. Es kam aus einem Fluß jenseits des Zauberlandes, an dessen Ufern zahlreiche Chemie- und Zementfabriken standen.

Und wieder war es Plitsch, der als erster begriff, daß außerhalb der Burg etwas Bedrohliches vor sich ging. Dem Befehl des Monsters folgend, sann er auf Mittel und Wege, erneut der Gefangenen habhaft zu werden. Sie sind bestimmt über alle Berge, haben bei der Seekönigin Schutz gefunden, dachte er, aber vielleicht gelingt es mir, wenigstens diese Katze oder den Eisenkerl zu schnappen, der am Seiteneingang gesichtet worden ist. Er schickte also einige seiner Kumpane auf Erkundung aus und begab sich auch selbst vors Tor.

Mit einer Leuchtmuschel ausgestattet, die ihm als Taschenlampe diente und mit der er seinerzeit den Scheuch und seine Freunde in den reißenden Fluß gelockt hatte, schwamm er um die Burg herum.

Zwar entdeckte er weder den kleinen Löwen noch den Eisernen Holzfäller, denn beide waren mit Chris und den anderen längst zum Tauchboot zurückgekehrt, doch er geriet unvermittelt in eine Gruppe von Stechrochen, die er hier noch nie gesehen hatte. Diese metergroßen dreieckigen Fische mit ihrem giftigen Stachel hinten freuten sich nicht über sein Auftauchen, sondern verhielten sich eindeutig feindlich. Sie versuchten, ihn mit ihrem Schwanz zu umschlingen und festzuhalten, und nur seiner Flinkheit war es zu verdanken, daß er ungeschoren entkam.

„Ritsch muratsch pfft, was wollen die denn hier?" murrte Plitsch und sah sich schon wieder von einer anderen Gruppe Meeresbewohnern umringt, von einem Schwarm Heringe. Die schienen zwar harmlos, wirbelten jedoch in so dichter Menge um ihn herum, daß es ihn mehrfach um die eigene Achse drehte und er ganz wirr im Kopf wurde. Er hatte große Mühe, aus dem Pulk herauszufinden.

Als er gleich darauf mehrere Kraken auf sich zukommen sah, die mit ihren Fangarmen nach ihm griffen, floh Plitsch entsetzt hinter die Burgmauern zurück. Dort traf er andere Wassermänner, die ähnliche Erfahrungen gemacht hatten.

Da braut sich etwas zusammen, das uns gefährlich werden kann, dachte Plitsch, wagte aber nicht mehr, das Monster selbst davon zu unterrichten. Das tat schließlich einer seiner Kumpane, der freilich größte Mühe hatte, das Ungeheuer zu wecken. Mürrisch und verschlafen kam es aus der Burg gekrochen.

„Was soll das Gefasel über das Flossenpack", brummte es. „Außer Haien und Molchen hab ich vor der Burg seit Wochen keinen Fischschwanz entdeckt."

Mittlerweile war ein neuer Morgen angebrochen, was man hier unten an der etwas helleren Färbung des Wassers und an einem schwachen Lichtschimmer erkannte. Das Monster wälzte sich zum Tor und forderte die Wächter auf, es zu öffnen. Gleichzeitig schielte

es zu Plitsch hinüber, der sich im Hintergrund hielt, und fragte:

„Sind die Gefangenen wieder im Kerker?“

Plitsch, der gehofft hatte, das Ungetüm würde nicht mehr an diese Angelegenheit denken, schrak zusammen.

„Nein ... pfft, das heißt, ich weiß nicht ... wir sind ihnen auf der Spur und pfft, pfft ...“

Das Tor ging auf. Keine zwanzig Meter entfernt stand reglos ein Trupp Schwertfische im Wasser.

„Was ist das, was wollt ihr Kümmerlinge?“ Das Monster, mehr erstaunt als besorgt, würdigte Plitsch zunächst keiner weiteren Worte und starrte die Fische draußen an.

Die schwiegen, rührten sich aber nicht von der Stelle.

„Die Haie her, verjagt das Pack!“ schrie das Monster und drehte sich zu Plitsch um.

Plitsch wandte sich hastig den Haien zu, die jedoch bereits verstanden hatten und sowieso darauf brannten, es diesen unverschämten Eindringlingen zu zeigen. Wie von der Sehne geschnellt, schossen sie los.

Doch sie sausten ins Leere. Bis zum letzten Augenblick verharrten die Schwertfische, dann warfen sie sich einfach zur Seite und griffen von hinten an. Wütend versuchten sich die Haie umzudrehen und sahen sich unvermutet ganz anderen Meereswesen gegenüber. Teufelsrochen, mehrere Meter breit und gewaltig mit den Dreiecksflügeln schlagend, schwebten wie Raubvögel über ihnen, richteten ihre beiden Hörner gegen sie oder stachen mit dem spitzen Schwanzstachel auf sie ein. Auch Zitterrochen, die elektrische Schläge austeilen konnten, waren zur Stelle und verwirrten die Räuber.

Die Haie wollten nach unten abtauchen und saßen auf einmal in riesigen Netzen fest, die sich über ihnen schlossen. Sie waren aus dem feinen unzerreißbaren Haar der Meerjungfrauen gefertigt und extra aus dem Schloß herbeigeschafft worden. Sonst wurden sie übrigens kaum benötigt und nur eingesetzt, um Wale ins Meer zurückzubringen, die sich im seichten Wasser verirrt hatten. Diesmal aber war Kira auf den Gedanken gekommen, sie gegen die Haie zu verwenden. An einem langen Seil zogen sie und ihre Gefährtinnen die Gefangenen von der Monsterburg fort und banden sie an einigen Felsen fest. Sollten die Raubfische hier ruhig eine Weile schmoren und zur Besinnung kommen!

Die Haie waren verschwunden. Das Seemonster begriff, daß etwas nicht stimmte, und stieß ein laut hallendes: „Flitsch verplutsch pfetsch!“ aus. Dann langte es mit einer seiner Scherenhände nach dem nächststehenden Wassermann, zog ihn zu sich heran und brüllte:

„Ich will, daß dieser Spuk aufhört! Zeigt ihnen, mit wem sie es zu tun haben. Ergreift sie, bringt sie her oder tötet sie!“

Der Wassermann erhielt einen Tritt und flog zum Tor hinaus. Ängstlich bemüht, ihrem Herrn aus den Augen zu kommen, rannten, sprangen, schwammen ihm seine Kumpane hinterher, wobei sie sich gegenseitig behinderten, einander mit dem Dreizack oder der Harpune piekten.

Auch Plitsch schloß sich ihnen an, hielt sich freilich etwas abseits. Ihm war klar geworden, daß sie es diesmal nicht mit einzelnen und noch dazu friedfertigen Meeresbewohnern zu tun hatten. Es war, als hätte sich die ganze Fischwelt gegen sie verschworen!

Wieder wichen die Schwertfische aus, doch die Wassermänner waren behende und ließen ihre Harpunen durch die Flut zischen. Einige Fische wurden verletzt, konnten nur mit Mühe entkommen. Andere wiederum rammten erbost ihr scharfes Schwert ins Hinterteil der Kugelköpfe. Vor allem aber tauchte nun unversehens eine große Anzahl von Riesenkraken aus der Tiefe auf. Sie umschlangen die Gegner mit ihren kräftigen Armen, entrissen ihnen die Waffen. Zwar setzten sich die Wassermänner zur Wehr, entwanden sich, glitschig wie sie waren, den Griffen und brachten den Feinden auch allerhand Verletzungen bei, aber vor der Übermacht mußten sie letztlich kapitulieren. In totaler Unordnung zogen sie sich am Ende zur Festung zurück.

DER ZWEIKAMPF

Das Monster empfing die Wassermänner mit Flüchen und Fußtritten.

„Hat man so was schon gesehen", schrie es, „diese Feiglinge reißen vor ein paar Fischschwänzen aus! Ich werd euch alle in den Gefängnisberg stecken. Kein Stückchen Abfall kriegt ihr dort zu fressen!"

Doch es half alles nichts, die Kugelköpfe fluteten in den Hof zurück.

Wütend trat das Ungeheuer vors Tor. Wie es so herausquoll, mächtig wie ein Elefant, mit vier großen Scheren- und sechs Schaufel-händen, mit Nilpferdfüßen und einem Maul, aus dem die Stummel-zähne wie Steinbrocken ragten, flößte es den Schwertfischen und Kraken durchaus Furcht ein.

„Wo steckt ihr Fischgesindel?" brüllte das Monster. „Was treibt ihr euch auf einmal in Scharen bei meiner Burg herum? Wollt ihr euch neuerdings hier etwa mausig machen? Wartet nur, wenn ich euch erwische, zerquetsche ich euch wie Seetang. Ich zermalme euch und laß euch unter meinen Algenteppichen zappeln, bis ihr verreckt."

Das Monster wollte noch weiterbrüllen, wurde aber von einer klaren durchdringenden Stimme unterbrochen, die aus der Tiefe des Meeres zu kommen schien. In ihrer Reinheit und Klangfülle übertönte sie deutlich das häßlich laute Gekrächze des Ungeheuers.

Es war die Seekönigin, die auf einem von Delphinen gezogenen weißen Unterwasserboot saß, das nun aus der Dunkelheit hervortauchte. Weiße Leuchtmuscheln um sie her verbreiteten selbst an diesem Ort einen hellen Glanz.

„Laß dein Schimpfen und höre mir einen Augenblick zu, graues Schmutzmonster", sagte sie. „Erinnerst du dich noch an den Tag, da du klein und unscheinbar an meine Tür klopftest und mich um

Obdach im Pflanzenwald gebeten hast? Damals bist du sehr bescheiden aufgetreten, und da wir hier, im Muschelmeer, jeden freundlich aufnehmen, der in Bedrängnis scheint, war es keine Frage für mich, dir Unterkunft zu gewähren. Du warst glücklich und gabst vor, dankbar zu sein. Doch wie hast du uns unsere Gastfreundschaft vergolten, Schmutzmonster! Kaum im Wald angelangt, fingst du an, dich auszubreiten und deine Mitbewohner zu verdrängen. Sie hatten seit altersher friedlich zwischen den Pflanzen gelebt, doch du hast sie mit deinem Schlick und Dreck rücksichtslos vertrieben. Wer nicht freiwillig ging, wurde durch dein Gift und den Algenbrei erstickt.“

Die Seekönigin schwieg einen Augenblick, und das Monster, das sich von seiner Verblüffung erholt hatte, füllte die Pause mit einem krächzenden Gelächter.

„Na und", bellte es, „was konnte dir das schon ausmachen? Du hattest für dich und dein Fischgesindel ja das ganze Meer."

„Von meinem Fischgesindel, wie du es nennst, hatte jeder nur seinen angestammten Platz. Nicht weniger, aber auch nicht mehr."

„Wie auch immer", schnarrte das Monster, „ich brauchte Platz für meine Anhänger. Viel Platz, denn ich sorge dafür, daß wir wachsen und uns vermehren. Du und deinesgleichen haben mit ihrem Gelaber von Freundlichkeit und Sauberkeit lange genug die Macht im Meer ausgeübt. Eine Welt ohne Schmutz gefällt mir ganz und gar nicht. Es stimmt, ich habe erst den Pflanzenwald nach meinen Vorstellungen gestaltet und dann meine Burg errichtet. Ich bin gewachsen und jetzt bereits fünfmal so groß wie du. Das Meer gehört mir zur Zeit aber noch nicht einmal zur Hälfte. Deshalb kannst du dich überhaupt nicht beklagen. Und jetzt sag mir, weshalb du gekommen bist. Was willst du von mir?"

Die Seekönigin überlegte. Sie merkte, daß es keinen Sinn hatte, mit dem Monster zu reden, wollte aber alles versuchen, es zur Vernunft zu bringen.

„Das Meer gehört nicht mir zur Hälfte", antwortete sie, „sondern allen Lebewesen. Du aber zerstörst überall die Natur und bringst den Tod zu uns. Das können wir nicht dulden. Wir sind gekommen, weil du jedes unserer Gesetze verletzt, vor nichts und niemandem hier Achtung hast. Sogar den Weisen Scheuch, eine Berühmtheit im ganzen Zauberland, hattest du in den Kerker gesperrt."

„Diese Strohpuppe", schrie das Monster, „die sich bei mir eingeschlichen und als Molch ausgegeben hat? Ich reiße ihr den Kopf ab, wenn ich sie noch mal erwische."

„Du wirst nichts dergleichen tun, sondern das Muschelmeer mit deinem Gefolge wieder verlassen“, sagte die Seekönigin, „und zwar sofort. Wir geben nicht mehr nach. Wir haben deine Festung umstellt und lassen niemanden heraus. Die Wassermänner haben unsere Kraft schon zu spüren bekommen.“

„Was soll ich? Dieses Meer verlassen? Wo ich gerade dabei bin, alles hier etwas gemütlicher für mich zu machen? Du scheinst mir nicht recht bei Trost zu sein, Königin. Ich wachse und vermehre den Schmutz und werde ihn weiter ausbreiten. Komm doch her mit deinen Fischschwänzen, sieh mich an, wie stark ich bin. Ich zerquetsche euch zu Mulm.“

„Du Großmaul“, erwiderte die Seekönigin, „ich brauche meine treuen Fische nicht, ich werde dich allein besiegen. Ja, um das Leben der Meeresbewohner zu schonen und Opfer zu vermeiden, fordere ich dich zum Zweikampf heraus. Wir wollen eine Absprache treffen. Wer siegt, dem gehört das Muschelmeer. Der Verlierer aber soll es auf immer verlassen!“

Das Ungeheuer lachte erneut laut und krächzend.

„Du willst dich mit mir im Zweikampf messen“, rief es, „bitte, meinetwegen, die Wette gilt. Aber jammere nicht, wenn ich dir deinen Schuppenschwanz abreiße und den Kopf nach hinten drehe. Du hast alles getan, um mich wütend zu machen, und ich bin schrecklich in meinem Zorn!“

Nach diesen Worten plusterte sich das Monster auf und schoß urplötzlich mit ausgestreckten Händen auf seine Gegnerin zu. Mit einer Geschwindigkeit, die man ihm nicht zugetraut hätte. Die Seekönigin aber, die ja wirklich viel kleiner war, hielt ihm einen silbergrauen Stab entgegen, aus dem ein Blitz zuckte. Geblendet und an der Brust getroffen, wich der Angreifer für einen Moment zurück.

„Ah, du kitzelst mich“, schrie das Ungeheuer, „das wird dir nichts nützen.“ Mit einer schnellen Bewegung zur Seite wich es einem

zweiten Blitz aus und griff nach dem Unterwasserboot. Doch die Seekönigin war genauso schnell. Sie berührte das Boot mit ihrem Stab, und es wurde zu einer weißen Welle, die davontrieb. Sie selbst dagegen tauchte mit einem eleganten Satz unter dem Meeresungetüm hindurch.

Der Stab wurde zum Speer und bohrte sich ins Bein des Monsters. Grünes schmutziges Blut färbte das Meer, verwandelte sich in einen Klumpen Unrat. Mit einem zischelnden „Fletsch rabutschitsch!“ stürzte sich das Untier auf diesen Klumpen und fraß ihn auf. Es riß den Speer aus der Wunde und wollte ihn zerbrechen. Aber der Speer wurde zum Aal und schlüpfte in die Tiefe.

Das Monster warf sich auf die Seekönigin, die nicht mehr ausweichen konnte. Wie Brei umschloß es die Gegnerin, versuchte sie zu ersticken. Aber der Aal kam zurück und verwandelte sich in eine silberne Nadel. Sie drang tief ins Fleisch des Ungeheuers ein, so daß es die Umklammerung lockerte. Zur Forelle werdend, entglitt die Königin dem Zangengriff.

Das Ungetüm wurde zum gewaltigen Wal, wollte die Forelle einsaugen. Doch der Stab, spitz und unzerbrechlich, klemmte sich ihm zwischen die Kiefer, so daß es das Maul nicht mehr schließen konnte.

Die Forelle nahm wieder ihre ursprüngliche Gestalt an, und der Stab sprang zurück in ihre Hand. Zur Harpune geworden, sauste er auf den Wal zu, aber der war plötzlich lang und dünn, eine grünlich schillernde Schlange. Nur am groben Kopf mit den Glupschaugen konnte man das Monster erkennen.

„Flutsch grinwatsch, ich kriege dich trotzdem!“ zischte es und wand sich um den Leib der Seekönigin.

Der Stab fuhr als blitzende Axt nieder und trennte die Schlange in zwei Hälften. Erneut ergoß sich ein Strom trüben Bluts ins Meer, und der durchdringende Schrei des Seemonsters erschütterte die Unterwasserwelt.

Diesmal hatte das Ungeheuer nicht die Kraft, die Klumpen aufzufressen oder zu seiner ursprünglichen Gestalt zurückzukehren. Dennoch fanden die beiden Hälften der Schlange wieder zueinander und zogen sich unter sichtlicher Anstrengung in die Burg zurück. Aber auch die Seekönigin war vom Kampf erschöpft. Außerstande, den Gegner zu verfolgen, sank sie auf den Meeresboden. Die Axt in ihrer Hand zerfloß.

Floy und der Scheuch tauchten zu ihr hinab.

„Du hast das Monster besiegt, Herrin“, rief Floy, „es wird verenden!“

Die Königin schüttelte den Kopf und flüsterte:

„Wir haben es in seine Schranken gewiesen, aber es wird sich erholen. Ich hätte es ganz erledigen sollen, doch ich fühle mich selbst dem Tode nah.“ Dann verlor sie das Bewußtsein.

Kira und die anderen Meerjungfrauen waren herbeigeeilt. Gemeinsam brachten sie die Königin ins Schloß zurück. Die Freunde aber versammelten sich im Tauchboot. Auch Käptn Charlie, vom Delphin gerettet, war längst wieder zu ihnen gestoßen.

„Bei allen Piraten der Weltmeere“, sagte er jetzt, „so einen Kampf habe ich noch nicht erlebt. Ob das Monster die Sache übersteht?“

„Ich glaube, es hat noch genug Kraft, um weiterzumachen“, erwiderte der Scheuch. „Sein Versprechen, das Meer zu verlassen, wird es bestimmt nicht halten. Wenn wir uns jetzt nichts einfallen lassen, behält es auf Dauer trotz allem die Oberhand.“

DIE RETTENDE IDEE

Die Schwertfische und alle anderen Meeresbewohner belagerten die Monsterburg weiterhin, ließen keinen hinein und heraus. Eindringen aber konnten sie nicht – die Wassermänner und die Krokodile hätten ein Blutbad unter ihnen angerichtet. In ihren schmutzigen Höhlen und Gängen waren sie unschlagbar.

Die Seekönigin starb nicht, doch sie erholte sich nur langsam von den Anstrengungen des Kampfes. Sie war bis an die Grenze ihrer Kraft gegangen, denn die Verwandlungen hatten sie eine Menge Energie gekostet. Der Eiserne Holzfäller, der ja seinerzeit vom Großen Goodwin ein mitfühlendes Herz bekommen hatte, pflückte ihr jeden Morgen frische Seelilien, und der kleine Löwe ließ sich auf dem Krankenbett von ihr streicheln.

Einmal sagte sie:

„Ich weiß, daß du davon träumst, wieder groß und stark wie früher zu werden. Wenn ich gesund bin, werde ich versuchen, dir zu helfen."

„Jedenfalls könnte ich mit meinem ehemaligen Gewicht nicht auf

deinem Bett liegen“, erwiderte er. „Manchmal weiß ich schon nicht mehr, was besser ist, groß oder klein zu sein.“

Charlie und der Scheuch wurden von der Königin nach dem Monster befragt.

„Hat es sich schon wieder am Tor gezeigt?“ wollte sie wissen. „Was können wir noch tun, um es zu vertreiben?“

„Wir müßten eine große Flotte Unterseeboote bauen und die Burg zerstören“, erwiderte der Käptn. „In der Tat ist das Ungeheuer gestern von Chris und Jessica gesehen worden. Leider scheint es wieder auf die Beine zu kommen.“

Die Seekönigin seufzte. Sie wußte, daß es nicht so einfach war, eine Unterwasserflotte zu bauen.

Um sie abzulenken, erzählte der Scheuch von der Smaragdenstadt und seiner Frau Betty. Er zeigte das Foto von ihr und schilderte mit großer Begeisterung ihre Schönheit. Das heiterte die Seekönigin etwas auf.

Gleichzeitig dachte der Scheuch aber ständig darüber nach, wie man das Monster doch noch bezwingen könnte. Stets von neuem hatte er seine Begegnung mit dem Ungeheuer im Gewölbe vor Augen. Es kränkte ihn noch immer, daß er sich als Molch hatte ausgeben müssen, der im Schlamm wühlt und Nachschub an Abfällen heranschafft.

Wie kann man dem Monster bloß all den Müll und Unrat entziehen, den es zu seiner Genesung braucht? fragte er sich. Indem man die Molche gefangennimmt? Das ist schwer zu erreichen, denn sie zeigen sich nur am hinteren Ausgang, wo die Abwässer des Flusses alles undurchdringlich machen. Außerdem würde sich das Ungeheuer den Nachschub dort notfalls selber holen. Nein, das bringt nichts.

Und doch spürte der Scheuch, daß er auf der richtigen Fährte war. Eines Morgens, als Jessica und Chris bei ihm waren – inzwischen ein unzertrennliches Paar – fiel es ihm wie Schuppen von den Augen. Chris hatte gerade von den Bibern erzählt, bei denen man sich heimwärts für seine Befreiung bedanken müsse, da rief die Strohpuppe aus:

„Ich hab's, die Biber!"

„Was denn", fragte Chris, „sollen sie die Wasserratten bitten, nochmals einen Gang zur Burg zu graben, durch den wir eindringen können?"

„Nein, nein. Diesmal brauchen wir sie selber."

„Hier unten?"

Aber der Scheuch gab keine Antwort mehr. Er rannte schon aus dem Zimmer, um seine Idee mit dem Käptn zu besprechen.

Charlie führte gerade ein Gespräch mit seinem Freund Prim über die Möglichkeiten der Telepathie. Zwar zweifelte er nicht die Fähigkeiten des Kraken an, durch elektromagnetische Wellen Feinde zu bekämpfen, trotzdem erschien ihm manches an seinen Erzählungen übertrieben. So hatte Prim zum Beispiel behauptet, sich auf diese Weise kürzlich mit einem Bewohner des Zauberlandes unterhalten zu haben, der in die Vergangenheit geraten war, mit dem Säbelzahntiger Achr.

„Und was hat er dir gesagt, dieser Tiger?" fragte Charlie ungläubig.

„Daß er mit einem Riesenmädchen dort war, weil sie vor der Hexe Arachna in einen Tunnel geflohen sind. Das Mädchen soll zu ihrer Familie zurückgekehrt sein, und Achr selbst hofft auch, bald wieder ins Zauberland zu kommen."

Charlie war nicht schlecht erstaunt.

„Daß die totgeglaubte Arachna einen Tiger und ein Riesenmädchen in den Bergen verfolgt hat, wurde tatsächlich in der Smaragdenstadt erzählt", sagte er.

„Na, siehst du!"

In diesem Augenblick stürmte der Scheuch herein und rief:

„Jetzt hab ich's endlich. Ich weiß, wie wir das Monster aus dem Muschelmeer vertreiben können!"

Charlie und Prim waren sofort ganz Ohr. Die Telepathie war vergessen.

„Wir entziehen diesem Untier den Nachschub", fuhr der Scheuch fort.

„Das habe ich mir auch schon überlegt", erwiderte der Käptn. „Die Frage ist nur, auf welche Weise."

„Durch Brix und seine Gefährten. Die Biber haben uns schon einmal geholfen. Da es gegen den Unrat geht, ist es diesmal auch in ihrem Interesse."

„Ich begreife noch nicht", sagte Charlie, und Prim guckte ebenso verständnislos.

„Die Biber können Bäume fällen. Sie bauen wunderbare Dämme."

Langsam dämmerte es bei Charlie:

„Du denkst an den Schmutzfluß?"

„Genau", sagte der Scheuch. „Er kommt aus dem Menschenland und mündet in unser Muschelmeer."

Nun hatte auch Prim begriffen.

„Man sollte eher die Menschen zwingen, Dämme zu bauen, durch die der Schmutz aufgehalten wird", schaltete er sich ein. „Und zwar, bevor der Dreck aus den Fabriken in die Flüsse gelangt. Aber da kannst du lange warten."

„Du hast recht", stimmte der Scheuch zu. „Und weil man da lange warten kann, brauchen wir die Biber. Was haltet ihr von meinem Plan?"

„Wir hätten schon viel eher darauf kommen können", entgegnete begeistert Charlie.

DER SIEG

Diesmal brauchten sie den Zahn nicht, die Bitte wurde Riffi übermittelt, die sie sofort an die Biber weiterleitete. Alle warteten nun gespannt auf das, was geschehen würde.

Inzwischen war das Monster wieder obenauf. Die Wunden waren verheilt, die Molche mußten noch mehr Schmutznahrung als früher heranschaffen, damit das Ungeheuer sich endgültig gesundfressen konnte. Schon stieß es am Tor erneut Drohungen gegen die Seekönigin aus. Die Wassermänner aber schmiedeten Harpunen und Dreizacke, sie übten sich im Kampfspiel und bereiteten den Ausbruch aus der Burg vor.

Plitsch hatte sich sehr bemüht, die Gnade seines Herrn zurückzugewinnen, er hatte ihn besonders hingebungsvoll gepflegt. Zum Dank dafür war er vom Monster zum Oberaufseher für den Nahrungsnachschub ernannt worden.

Mit einemmal fiel ihm auf, daß die Molche weniger Unrat heranschleppten. Vor allem der Ölschlick, ein besonderer Leckerbissen des Monsters, blieb aus.

„Was ist los, ihr Faultiere", schrie Plitsch, „hat man euch geheißen, pfft, die besten Sachen wegzulassen? Warum bringt ihr neuerdings weniger Abfälle? Wißt ihr etwa nicht mehr, pfft, was gebraucht wird?"

„Wir tun, was wir können, Herr", murmelten die Molche. „Leider wird zur Zeit nur wenig Schmutz ins Meer gespült. Wir müssen bis zur Flußmündung, um etwas Gutes zu finden."

„Das kann nicht sein, pfft", rief der Wassermann. „Es gibt mehr Dreck als je zuvor. Die Menschen halten sich da zu unserem Glück nicht zurück, pfft."

„Sieh doch selbst nach, wenn du uns nicht glaubst."

Plitsch sauste nach hinten, um sich mit eigenen Augen zu überzeugen. Die Schmutzwelle kam noch immer von der Flußmündung her auf die Burg zu, aber tatsächlich schien das Wasser weniger trübe. Öldurchtränkte Fetzen, Mulmflatschen, mit wunderbaren Giften und Säuren durchsetzt, waren selten.

Plitsch belud sich selbst wie ein Packesel mit soviel Abfall wie möglich und kehrte in die Burg zurück. Unterwegs verlor er die Hälfte und bekam eine Vorstellung davon, was die Molche eigentlich leisten mußten. Doch das ärgerte ihn bloß noch mehr.

Als er im Monstergewölbe erschien, winkte ihn das Ungeheuer gleich heran.

„Was geht hier vor? Seit gestern reicht der Nachschub an Essen gerade noch, um mich bei gleichem Gewicht zu halten. Ich mußte schon die Algenproduktion einstellen. Wie soll ich da endgültig zu Kräften kommen?"

„Die Molche, pfft", begann Plitsch, doch das Monster unterbrach ihn sofort.

„Papperlapapp. Ich hab dich zum Oberaufseher gemacht, damit du diese Kreaturen ordentlich auf Trab bringst."

Plitsch schob dem Untier schnell alles hin, was er mit ins Gewölbe geschleppt hatte.

„Natürlich, Herr. Ich tue mein Bestes, Herr. Leider sieht es so aus, pfft, als ob im Augenblick weniger Abfälle ins Meer gelangen."

Das Monster, das sich die Backen sofort mit all den von Plitsch herangeschafften Mülltüten, Blechbüchsen und Flaschen vollgestopft hatte, unterbrach sein Mampfen.

„Was heißt das, es gelangen weniger Abfälle ins Meer?"

„Nun ja, der Fluß ist nicht mehr ganz so trübe, pfft. Leider konnte ich mich selbst davon überzeugen."

„Warst du am Fluß?"

„Nicht direkt, pfft ..."

„Pfft, pfft", ahmte das Monster höhnisch den Wassermann nach.

„Was quatschst du herum, wenn du gar nicht am Fluß warst? Schau sofort nach und erstatte mir Bericht."

Plitsch folgte dem Befehl und schwamm zur Flußmündung. Inzwischen war das Wasser schon ziemlich durchsichtig geworden. Noch nicht so unangenehm klar wie im Reich der Seekönigin oder in jenem Strom, den sie im Zauberland kennengelernt hatten, aber immerhin. Nur am Grund lagerte noch Müll.

Was ist bloß geschehen, dachte Plitsch. Haben sich die Menschen plötzlich besonnen? Das kann ich nicht glauben. Fast in Panik sammelte er einige Abfälle auf und kehrte zum Monster zurück.

Inzwischen hatte das Ungeheuer alles aufgefressen, was noch an Unrat im Gewölbe herumschwamm. Sogar die von ihm früher produzierten Algen hatte es wieder eingesogen. Gierig entriß es den Molchen jedes Stück Dreck, das die noch heranschleppten. Es war drauf und dran, diese Schlammwühler selbst zu verschlingen.

Die Molche ahnten die Gefahr und verdrückten sich. Sie krochen in Felsspalten und Wrackteile oder liefen zur Seekönigin über. Die meisten hatten es ohnehin längst satt, Diener des selbstsüchtigen Monsters zu sein.

Plitsch hatte mittlerweile selber mächtigen Kohldampf. Zwar gab es noch eine Menge abgestorbener Pflanzen, die er verzehren konnte, aber auch für ihn blieben die Zutaten aus dem Fluß aus. Dennoch kehrte er zum Seeungeheuer zurück und erstattete Bericht. Was hätte er sonst tun sollen.

Das Monster geriet in Panik.

„Sofort sämtliche Wassermänner zur Flußmündung!" schrie es. „Sie sollen den Müll aufsammeln, der dort liegt. Bringt alles her, was ihr findet, ich merke, wie meine Kräfte schwinden. Beeilt euch!"

„Aber wenn die Tore nicht mehr bewacht werden, können die Schwertfische eindringen, pfft."

„Ach was, wir haben ja noch die Krokodile. Die sind treu, denn sie brauchen wochenlang nichts zu fressen.“

Plitsch tat, wie ihm geheißen, er erklärte den Kugelköpfen die Situation. Selbst die dümmsten unter ihnen begriffen die Gefahr, und so übernahmen sie ohne großes Murren die Aufgabe der Molche. Allerdings brachten sie den größten Teil der Nahrung, die noch an der Flußmündung zu finden war, für sich zur Seite. Sie hatten ja selber Hunger.

Unterdessen verfolgten der Scheuch und seine Freunde, aber auch die Seekönigin mit ihrem Gefolge aufmerksam die Entwicklung der Dinge. Als von den Bibern die Nachricht kam, daß die meisten Dämme fertig wären und kaum noch Unrat zum Muschelmeer durchdringen könnte, war die Königin überglücklich.

„Ich wußte, daß dir etwas einfallen würde, Weiser Scheuch, ich habe fest auf dich gebaut“, sagte sie. Und sie schickte ihre Boten aus, um zu erkunden, wie es um den Schmutzstrom hinter der Burg stand.

Zu diesem Zeitpunkt fanden sich die ersten Molche im Schloß ein und berichteten, das Monster sei wegen Nahrungsmangel in Bedrängnis geraten. Genau wie es die Freunde vorausgesehen hatten.

Der kleine Löwe war nicht davon abzuhalten, die Lage am Haupteingang der Monsterfestung selbst zu prüfen. Auch Charlie, Chris und Jessica brannten darauf, Näheres zu erfahren. Schließlich brach, von Schwertfischen und Delphinen begleitet, ein ganzer Trupp zur Burg auf.

Sie kamen ans Tor. Es war verschlossen, aber kein Wächter ließ sich blicken. Mit Hilfe eines Molches, der sich noch im Hof befand, konnten sie es öffnen.

Der Hof war leer, nur Dreizacke und Harpunen lagen herum. Das Wasser war längst nicht mehr so trübe wie noch vor ein paar Tagen.

Rechts von ihnen lag der Gefängnisberg, geradeaus ging es in die

Burg selbst. Vorsichtig hielten sie nach Krokodilen Ausschau, doch keins war zu sehen.

„Sie liegen oben auf der Insel oder dösen in der Krokodilshöhle“, erklärte der Molch. „Sie sind froh, endlich einmal ausschlafen zu können.“

„Und wo ist die Krokodilshöhle?“ fragte Charlie.

„Links. Zum Monster geht es hier lang.“

Der Molch hatte nach wie vor Angst vor dem Ungeheuer und blieb zurück. Die Freunde und ihre Begleiter wählten den Weg zum Hauptgewölbe.

Über einen Gang, der nach oben führte, erreichten sie das Monstergewölbe. Der Scheuch, der schon einmal hier gewesen war, erkannte die Inseln wieder. Es war schmutzig und roch unangenehm. Ölschlamm und sonstiger Dreck schwamm freilich nicht mehr herum.

„Wo ist das Biest?“ fragte der kleine Löwe leise. „Ich will ihm meine Krallen in den Bauch schlagen.“

„Du wirst dich schön zurückhalten“, sagte der Eiserne Holzfäller. „Meine Axt ist da wirkungsvoller.“

Doch sie hielten zunächst vergeblich Ausschau. Erst als sie näher

an die größere Insel heranschwammen, sahen sie das Monster plötzlich vor sich. Es lag auf dem Bauch und schlürfte Schmutzwasser. Aber war das überhaupt das riesige, aufgeblasene, gefährliche Ungetüm? Ein zwar noch großes, doch plattes, schlabbriges und lurchähnliches Wesen stierte sie aus roten Augen an und fragte krächzend:

„Bringt ihr mir endlich was zu fressen, ihr Schlammwürmer? Seht ihr nicht, daß ich am Verrecken bin?“ Die Worte waren so leise gesprochen, daß man sie kaum verstand.

Sie kletterten auf die Insel. Chris, der vom Hof einen Dreizack mitgenommen hatte, piekte das Ungeheuer an und sagte:

„Was denn, du willst das Seemonster sein? Das scheußliche Ungetüm, vor dem ich solche Angst hatte? Das kann ich nicht glauben.“

Erst jetzt schien das Ungeheuer etwas zu begreifen. Es riß das Maul auf und versuchte eine drohende Grimasse. Doch seine Fratze wirkte nur lächerlich.

Chris wollte es erneut mit dem Dreizack kitzeln, aber der Scheuch sagte:

„Laß es in Frieden. So gefährlich der Gegner auch war, wir haben ihn besiegt und wollen ihn nicht verspotten. Kümmern wir uns lieber um die Wassermänner.“

In diesem Moment tauchte eine froschähnliche Gestalt am Höhleneingang auf. Sie schwamm mit langsamen Bewegungen zu einer zweiten Insel und setzte sich an deren Rand auf einen Stein. Auch sie war schlabbrig dünn, die Augen saßen tief in den Höhlen.

„Dieser Geruch kommt mir bekannt vor", knurrte der Löwe, „auf widerwärtige Art bekannt."

„Wenn mich nicht alles täuscht, ist das einer der Wassermänner, die mich entführt und eingesperrt haben", flüsterte Chris. „Sie nennen ihn Plitsch."

„Stimmt, auch mich haben er und einer seiner Kumpane ins Verlies geworfen", bestätigte der Scheuch.

Plitsch schien jetzt gleichfalls mitzubekommen, wer da im Monstergewölbe war. Er machte eine Bewegung, als wollte er fliehen, hatte aber offenbar nicht die Kraft dazu.

„He, du Jammergestalt", sagte Charlie, „wo sind deine Spießgesellen?"

„Flitsch futschiwetsch", erwiderte Plitsch.

„Nanu, versteht er unsere Sprache nicht?" Charlie sah Chris erstaunt an.

„Doch. Gerade er hat immer mit mir geredet."

„Dann gib Auskunft", rief Charlie, „sonst nehmen wir dich mit zur Seekönigin und stellen dich vor Gericht."

„Tot, pfft", murmelte Plitsch, „alle verhungert."

„Wo seid ihr damals eigentlich hergekommen?" erkundigte sich der Scheuch.

„Ein, pfft ... bißchen Schmutz", bat Plitsch leise.

Der Scheuch begriff und warf dem Wassermann einige abgestorbene Pflanzen zu, die noch in der Flut trieben. Plitsch verschlang sie gierig und murmelte:

„Aus dem ... Schlammland."

„Dann geh wieder dorthin zurück, wenn du die Kraft dazu hast", sagte der Scheuch, „und merke dir, daß einer wie du nichts im Muschelmeer zu suchen hat.“

„Warum läßt du ihn so einfach laufen?“ fragte das Mädchen Jessica. „Bestimmt wird er neue Gemeinheiten begehen, wenn er erst wieder zu Kräften gekommen ist.“

„Schon möglich“, erwiderte der Scheuch, „aber sollen wir ihn hier bei uns einsperren? So etwas wollen wir im Zauberland nicht. Es bringt auch keinen Nutzen, denn solange es den Müll gibt, entstehen sowieso neue Müllmonster. Gegen den Dreck müssen wir uns zur Wehr setzen.“

Plitsch hörte all dem teilnahmslos zu, und so ließen ihn die Freunde auf seinem Stein sitzen. Sie würdigten auch das Monster keines Blickes mehr. Gemeinsam mit Floy, den anderen Delphinen und den Schwertfischen kehrten sie ins Schloß zurück.

EIN GROSSER LÖWE

Die Bewohner des Weißen Muschelmeeres waren sehr glücklich über die endgültige Niederlage des Seemonsters. Selbst die Krokodile, die auf der Insel nun wieder ihren eigenen Interessen nachgehen konnten, und die Haifische, die von der Königin freigelassen wurden, besannen sich. Sie begriffen kaum noch, daß sie so lange im Schmutz der Burg zugebracht hatten. Die Seekönigin selbst aber dankte den Freunden ein ums andere Mal für ihre Hilfe. Dem Scheuch und seinen Gefährten war das schon peinlich. Was hatten sie denn groß getan?

„Den Bibern sollten wir danken“, sagten sie, „und überhaupt ist das Ganze nur gelungen, weil ihr alle euch selbst zum Widerstand entschlossen habt.“

Nur der kleine Löwe war noch nicht ganz zufrieden. Zurückgekehrt auf die Schaluppe, die sie nach einem großen

Unterwasserfest und der Verabschiedung von Prim, Kira und weiteren Persönlichkeiten wieder nach Hause bringen sollte, schaute er etwas betrübt drein. Die Seekönigin, die es sich nicht nehmen ließ, die Freunde zu ihrem Schiff zu begleiten, sah ihn spitzbübisch an und sagte:

„Sieh mal an, mein Kätzchen, was ich hier habe."

„Eine Peitsche", erwiderte der Löwe.

„Und wie war der Spruch, mit dem dich der Alte am Fluß rückverwandeln wollte?"

„Racki, nacki, Donnerkraut oder so ähnlich", rief der kleine Löwe. „Aber das war ja eben falsch, es hat nicht geklappt."

„Es war nicht falsch", sagte die Seekönigin, „ich habe die alten Tafeln studiert, die den Vorgang erklären. Er hätte bei der Rückverwandlung die Peitsche nur an der Schnur und nicht am Stiel packen müssen. So, siehst du." Die Königin faßte die Zauberpeitsche am Schnurknoten und ließ sie zweimal über dem kleinen Löwen kreisen. Dann sagte sie ihren Spruch:

„Racki, nacki, Donnerkraut, kehr zurück in deine Haut."

Ein blauer Blitz zuckte, ein Donnerschlag ertönte, und die Schaluppe sank plötzlich einen halben Meter tiefer ins Wasser. Vor den Freunden aber saß groß und mächtig der Tapfere Löwe, genauso wie sie ihn von früher her kannten.

„Bei allen Kanonenschlägen der Fregatten, auf denen ich einst gesegelt bin", rief Charlie, „das war ein Plautz."

„Nun habe ich endlich auch etwas für euch getan", sagte die Seekönigin, „und darf mich endgültig von euch verabschieden."

Der Löwe sah auf seine große Pfote, er schaute die Freunde an, die er plötzlich zum Teil überragte, und eine dicke Träne tropfte vor ihm auf die Planken.

„Danke, vielen, vielen Dank", murmelte er, doch es klang wie das Grollen eines fernen Gewitters.

Da erwachten alle zum Leben, die für den Augenblick erstarrt waren. Sie klatschten in die Hände, beglückwünschten und umarmten den Löwen. Dann sagten sie der Seekönigin gerührt auf Wiedersehen.

Die Seekönigin ließ sich in die Fluten gleiten, winkte ihnen noch einmal freundlich zu und verschwand in der Tiefe.

„Hoffentlich kommt kein Sturm auf", sagte Charlie, „jetzt, wo wir mit solcher Last zurückfahren." Und er klopfte seinem vierbeinigen Freund lachend auf den Rücken.

„Sobald wir das Ufer des Meeres erreicht haben, kann ich laufen", erbot sich der Löwe. „Ich spüre eine ungeheure Kraft in mir."

„Das wäre ja noch schöner", erwiderte der Scheuch. „Betty würde mir schön was erzählen, wenn sie erfahren würde, daß wir dich unterwegs ausgeladen haben. Wir sind zusammen aufgebrochen, also kehren wir auch gemeinsam in die Smaragdenstadt zurück."

Doch es kam kein Sturm auf. Das Weiße Muschelmeer wurde nur sehr selten von Stürmen heimgesucht.

Als sie sich dem Meeresufer näherten, stand am Strand auf einem Bein ein großer Vogel. Es war Klapp, der Storch.

„Ich sehe euch an, daß ihr der Seekönigin geholfen und das Monster besiegt habt", sagte er. „Berichtet mir alles ganz genau, damit ich eure Rückkehr in der Smaragdenstadt ankündigen und euren Ruhm verbreiten kann."

„Nach Ruhm verlangt es uns nicht, berichte einfach, was geschehen ist", erwiderte der Scheuch und schilderte kurz ihre Erlebnisse.

Der Storch hörte aufmerksam zu und flog dann los. In der Stadt aber schmückte er alles nach eigenem Gutdünken aus und vergaß nicht zu erwähnen, daß eigentlich ihm das größte Verdienst zukäme. Schließlich hätte er den Delphin Floy aus dem Netz befreit und mit seinem Bericht beim Scheuch dafür gesorgt, daß die Retter sich auf den Weg zum Muschelmeer machten.

INHALT

Erster Teil:
EINE GEFÄHRLICHE FLUSSFAHRT

Zweiter Teil:
DIE SEEKÖNIGIN

Dritter Teil:
DER SIEG ÜBER DAS MONSTER